U0747252

未讀
UnRead
—
文艺家

父子之间

[爱尔兰]
波诺

[英]
保罗·麦卡特尼
———等著

[爱尔兰]
凯西·吉尔费伦
———编

袁帅 王玉
———译

Sons

Fathers

北京联合出版公司
Beijing United Publishing Co.,Ltd.

父子之间

[爱尔兰] 波诺 等 著

袁帅 王玉 译

图书在版编目 (CIP) 数据

父子之间 /（爱尔兰）波诺等著；（爱尔兰）凯西·吉尔费伦编；袁帅，王玉译 . – 北京：北京联合出版公司，2017.6

　　ISBN 978-7-5502-9963-4

Ⅰ . ①父… Ⅱ . ①波… ②凯… ③袁… ④王… Ⅲ . ①文艺－作品综合集－世界－现代 Ⅳ . ① I11

中国版本图书馆 CIP 数据核字 (2017) 第 043407 号

SONS + FATHERS

Words and images supporting the Irish Hospice Foundation
Foreword by Bono/Introduction by Colm Tóibín
Edited by Kathy Gilfillan

北京市版权局著作权合同登记 图字:01-2017-1750

出 品 人	唐学雷
策　　划	联合天际
责任编辑	崔保华　刘 凯
特约编辑	边建强
美术编辑	王颖会
封面设计	@broussaille 私制

未
UnRead
—
文艺家

出　　版	北京联合出版公司
	北京市西城区德外大街 83 号楼 9 层 100088
发　　行	北京联合天畅发行公司
印　　刷	北京博海升彩色印刷有限公司
经　　销	新华书店
字　　数	150 千字
开　　本	889 毫米 × 1194 毫米 1/16 9.25 印张
版　　次	2017 年 6 月第 1 版　2017 年 6 月第 1 次印刷
I S B N	978-7-5502-9963-4
定　　价	99.00 元

关注未读好书

未读 CLUB
会员服务平台

父子之所以是父子，并非因为血缘相同，而是因为心意相通。

马修·汤普森（Matthew Thompson）供图

Contents 目录

Foreword 前言

　　父子关系是神秘的，本书所收集到的父子间的关系也各不相同。尽管书中主要是父亲们的故事，但却更多地向人们展示了他们的儿子——也就是文章作者们的内心。我记不起是谁曾跟我说过："要想真正了解一个人，就要了解他的记忆。"

——波诺

Preface 序

莎伦·福利（Sharon Foley）
爱尔兰临终关怀基金会首席执行官

波诺在他父亲临近生命的终点，不能再交流的时候，发挥自己的天赋，为他画了一幅充满柔情的画作。从某种意义上说，画作要比言语动人，而且波诺也由此为本书的面世埋下了种子。波诺询问凯茜·吉尔菲兰能否利用这幅画为爱尔兰临终关怀基金会筹款。

因此，我们决定广泛地征询有关父子之间独特的感情经历来创作一本书。有许多日理万机的知名人士向我们做出了慷慨的回复，我们十分感激。

我们认为，人人都有权利安详地去世，并应当在临终前获得周到的照顾。临终关怀的目的是让身染沉疴的患者享受到最高质量的生活。无论年龄和地位，任何人一旦身染不治之症，都应该享有临终关怀，也无论他身处救济院、医院、疗养院抑或是在自己家中。

能够选择自己中意的去世地点是安详去世的一个关键条件。大多数人都愿意去世时身处家中，但许多人都难以如愿。而彻夜的护理工作可以使这一愿望得以实现。

刊行本书所获利润的一部分将被用于爱尔兰临终关怀基金会的夜间护理项目，该项目每年提供 1400 次的免费夜间护理，帮助非恶性疾病患者实现去世时仍能留在家中的最后愿望。这一服务的需求有增无减，但该项目赖以维持的资金仅来源于自愿捐献。

本书获利的一部分还将被用于支持乌干达的非洲临终关怀组织。该组织由获得 2014 年诺贝尔和平奖提名的安妮·梅里曼博士发起。她是非洲临终关怀运动的先驱，总能鼓舞大家。她向非洲引进了平价的口服用吗啡麻醉剂，使对癌症病人的临终关怀工作有了天翻地覆的改善。她认为，人有权在平静中免于疼痛地离去。我们十分同意。

我们感谢凯悦酒店集团和阿德集团作为赞助商参与本书的工作。特别感谢凯茜·吉尔菲兰、波诺、玛丽·唐纳利、塞巴斯蒂安·克莱顿、科尔姆·麦克唐奈、科尔姆·托宾、夏兰·欧高拉、来自"零重力"的安德鲁·埃默森和莱奥·查普曼、吉恩·冯·诺登、艾德·维克多以及其他为本书的面世做出集体贡献的朋友们！

父为子奉献，彼此皆欢喜；子为父奉献，涕泗两横流。

——威廉·莎士比亚

Introduction 引言

科尔姆·托宾（Colm Tóibín）

时值 1962 年的一天，家父就像此时此刻的我一样，正坐在桌前写作。他因注意力集中而深埋着头，右手在纸上慢慢移动。他周围一片狼藉，地上和桌子上都堆着书，摊开的笔记本随意乱放。就像此时此刻我周围的东西也不那么整齐，而且我也在写东西。我们俩像彼此在镜中的映像。家父有时读到不喜欢的文章，就把一整页都撕下来，揉成一团扔向壁炉，但常常扔到外面。我尽量不学他的杂乱无章和乱扔纸团，可总会发现自己在保持整洁方面一败再败，壁炉外也总能看到几团废纸，就像见了鬼。

父亲和儿子的形象总是很复杂，总是很戏剧化。听到过去的事，做儿子的就能在脑海中呈现出从前的父亲。而对于做父亲的，未来的儿子则难以想象。对于儿子如何走进父亲的生命，康纳·克鲁斯·奥布莱恩（Conor Cruise O'Brien）曾经写道：

"在我们每个人心中都有这样一段朦胧时光。这段时光上溯到我们出生前的一两代人，但却从未属于人类历史。长辈们讲述他们的记忆，使它们融入我们的记忆，最终让我们感受到一种连续性，超越并贯穿我们各自独立的存在……听着这些记忆的小孩子们可能会深刻地感受到这种连续性，如果他们有足够的想象力，就会把他们出生前的一段相当长的时间融入到自己的生命中。"

活在父亲梦想的阴影中，是儿子们的天职。他们有人能满足父亲的梦想，有人不能，诚然也有人能够将其超越。父亲的梦想对儿子的影响总会这样或那样地影响我们的生命，这种影响也投射在 20 世纪诸多伟大的戏剧作品中。例如：在约翰·辛格（J.M.Synge）的《西方世界的花花公子》（*The Playboy of the Western World*）中，主人公声称杀死了自己的父亲；在尤金·奥尼尔（Eugene O'neill）的《长夜漫漫路迢迢》（*Long Day's Journey into Night*）中，一位过分骄傲的父亲总对两个儿子怀着徒劳的希望；在阿瑟·米勒（Arthur Miller）的《推销员之死》（*Death of a Salesman*）中，一对父子目睹了彼此的失败；在《吾子吾弟》（*All My Sons*）中，作者戏剧化地描写了父亲的失败。作家詹姆斯·鲍德温（James Baldwin）深知，父子两代之间的紧张关系是人类故事中的精粹。1967 年，他写道：

"父子之间的关系是世界上最关键和最危险的关系之一，偏要不认同这一点的说法都是极端危险的异端邪说。"

然而，鲍德温和巴拉克·奥巴马在写自传时，在他们的故事开始前，要先铺陈出他们的父亲都去世了，强调他们是孤身上路，不在父亲的阴影下，也未曾经过父亲的允许。对于他们来说，这一点好像很重要。鲍德温在《土生子的札记》（*Notes of a Native Son*）开篇先讲在他快 19 岁时，他的父亲去世了。奥巴马在《我父亲的梦想》（*Dreams from My Father*）中，也是开篇先写他父亲的去世："我 21 岁生日后没几个月，一个陌生人打来电话告诉我这个消息。"

由此，这两人迅速铺垫出他们实际上同各自父亲的距离感，这使得他们的悲伤感更孤单、更动人。这也使读者明白，他们说话有权威，他们变成今天的样子，是靠自己的意志力和坚强的性格，而非其他人把他们塑造而成。鲍德温在书中写道："我不太了解我的父亲。"奥巴马写道："直到去世，父亲对我来说一直是个谜，而不像一个活生生的人。……孩提时期，我只能通过母亲和外祖父母讲的故事了解他。"

而对于其他做儿子的人来说，父亲的形象深深烙印在心中，并成为重要且永不磨灭的激励。尽管如此，儿子学会了不走父亲的老路，却实现父亲的梦想。比如美国大文豪亨利·詹姆斯（Henry James）和他的哥哥——著名心理学家、哲学家威廉·詹姆斯（William James）都在事业上取得了成就，而他们的父亲只会大讲空话而鲜有成就，父子间形成了鲜明对比。又如诗人威廉·巴特勒·叶芝（W.B. Yeats）和他的画家弟弟杰克·巴特勒·叶芝（Jack B. Yeats）成果丰硕，而他们的父亲则只善于制订计划，不善于落实。就好像，儿子们从父亲那里获得了他们所需要的——父亲的才华，然后就出发去实现父亲的梦想。他们的作品都和要实现父亲的梦想有着脱不开的关系，既是表达对父亲的一种敬意，但同时也是表达对父亲和父亲的怠惰有所不满。

文学作品中，描写儿子丧父之痛的场面清晰地表现出父子之间的联系是多么紧密，或者说表现出父亲在儿子心中就像一只锚，将整个世界固定住。例如，我们在《哈姆雷特》开头可以看到，父亲的死使作为儿子的哈姆雷特产生了起伏不定的情感：这一刻他还心怀爱意，下一刻他就满心愤怒准备为父报仇。一会儿迟疑不决，一会儿忧伤抑郁，然后就有了露台上的戏。哈姆雷特的语气能够充满智慧，能够尖酸刻薄，也能够十分粗鲁。哈姆雷特情绪之所以如此多变，就是因为他的父亲刚去世不久，仅此而已。他的锚被拔起来了。

另一方面，在文学作品和作家的生活中，有没有这样的例子：父子之间关系简单，充满爱意和轻松感；两代人之间只有归属感，而没有紧张感；他们产生的记忆和经验都是甜蜜而令人放松的。这种例子确实存在，而且还存在于最出人意料的人身上。诺贝尔文学奖得主塞缪尔·贝克特（Samuel Beckett）是个忧郁、孤僻的人，他描写痛苦、失落和疏远的著作堪称杰作。但他和父亲的关系中却没有这些负面情绪，反倒是充满相互喜爱和轻松感。贝克特的父亲是一位并不精通文学、安静地生活在都柏林的计量师。在贝克特的信中，甚至在他最后的作品《陪伴》（Company）中，他都清楚地表现出对父亲的敬仰。他非常怀念同父亲一起在都柏林南边山中的远足时光。1933 年 4 月，他对朋友写道：

"今晨和家父一起愉快漫步。家父心存一种优美的哲思，日渐老去。他把蜜蜂、蝴蝶同大象和鹦鹉做比较，并谈到了他和测量员的契约。他蹒跚穿过树篱，踩着我的肩膀翻越围墙。他口无遮拦，驻足休息，欣赏风景。我的生活中将再也找不到像他这样的人。"

4 个月后，贝克特的父亲去世了，他又写道：

"他享年 61 岁，但他的容貌和作风远比这年轻。只要还有口气，他就和医生们谈笑风生、口无遮拦。他躺在床上，发重誓说等他好些了，决不再做一丁点儿工作，他要开车到霍斯山顶，然后躺在蕨丛中放屁……我写不下去了。当我们旷野漫步、翻越沟壑时，我只能跟在他身后。"

1935 年的元旦，贝克特在另一封信中回忆起一次圣诞节的傍晚：

　　"不久前，我和家父站在巴纳斯林甘山峡谷的背面，听着格伦古尔伦礼拜堂传来的歌声。山中白色的雾霭如此稀薄，我们可以看到很远处的轮廓。然后我们看到了粉色和绿色的霞光，这种霞光我从未在别处见到过。等到天色很暗了，我们就找了一家小酒馆休息片刻，喝杯杜松子酒。"

　　诸如此类萦绕在贝克特心头的记忆，属于我们每一个足够幸运、能够了解并深爱我们父亲的人，也属于我。当我现在放下笔，转过头去，看到我的父亲。显然他也刚刚写完一页，一边停下来重读自己写的内容，一边把笔头叼在嘴里，还不时修修改改。壁炉边三三两两扔着我们丢弃的纸团。我们转向彼此，满怀感慨，有太多的话要说……

sons+fathers

父子之间

Paul McCartney
+ his father Jim McCartney

保罗·麦卡特尼与他的父亲吉姆·麦卡特尼

在我小时候父亲说过的许多话，让我今天想起来都非常喜欢。有句话是："如果有事让你怒不可遏，就来和我握握手吧。"他去世后，我用他话里的精髓写了如下一首歌。

保罗·麦卡特尼

Paul McCartney 1942 年生于利物浦。他同披头士乐队一起对世界乐坛做出了不可磨灭的贡献。作为独唱歌手，四十多年来他不断推出佳作。他也是羽翼合唱团（Wings）的成员，曾荣获全英音乐奖（BRIT Awards），为消防员乐队（The Fireman）创作了半数尝试性作品，还曾为纽约市芭蕾舞团（New York City Ballet）2011 年的舞剧《海洋王国》（Ocean's Kingdom）担任作曲。最近，他发布了自己的第 16 张专辑《新》（New）。吉尼斯世界纪录大全将其列为所有时代中最成功的作曲家和唱片艺术家。

《来握手吧》

如果有事让你怒不可遏，

就来和我握握手吧。

这就是一位父亲要对儿子说的话。

我不在乎这事情是不是让人怒不可遏，

只要你我在这里。

来和我握握手吧！

只要你我在这里。

来和我握握手吧！

保罗·麦卡特尼

PUT IT THERE

Put it there
if it weighs a ton
That's what a father said
to his young son.
I don't care if it weighs a ton,
As long as you and I are here
Put it there
long as you and I are here
Put it there!

Paul McCartney

Julian Lennon
+ his father John Lennon

朱利安·列侬和他的父亲约翰·列侬

最终，你获得的爱，

等于你付出的爱……

《最终》（*The End*）

词曲：约翰·列侬、保罗·麦卡特尼

朱利安·列侬

1963 年生于利物浦，是约翰·列侬和辛西娅·列侬夫妇唯一的孩子。尽管他的歌手、音乐家和音乐制作人身份最为人所熟知，但他也有很高的视觉艺术天赋，是一位纪录片制片人和美术摄影师。他的慈善事业和艺术创作获得了不同粉丝群体的拥戴。

Gabriel Byrne
+ his father Dan Byrne

加布里埃尔·伯恩和他的父亲丹·伯恩

加布里埃尔·伯恩

1950 年生于都柏林，曾主演包括《非常嫌疑犯》（The Usual Suspects）和《米勒的十字路口》（Miller's Crossing）等在内的六十多部电影。他曾为《观察家报》（The Observer）、《时尚先生》（Esquire）和《爱尔兰时报》（The Irish Times）等多家报刊撰写文章，并著有回忆录《我脑中的画面》（Pictures in My Head）。

梦到父亲

昨夜我又一次梦到了您走在屋后的果园中。尽管月光微弱，星辰黯淡，但我看见您就像白天时那么清楚。当您举起手时，就像您总爱对我羞涩地微微致意那样，一阵苹果花雨落在您身上。您走路微弓着背，看上去就像一个走进大人房间的孩子那样踌躇。从我这边看去，您的脸探向窗户。我亲爱的已经故去的父亲啊，尽管在我梦中您总是面带微笑，而今夜您却满脸疑惑，就好像您很不解，为何此时身处树丛之中。

我向您呼唤，但您身边的空气慢慢地、慢慢地黑暗了。我醒过来，一时感觉就像从水面下钻出。此刻，除了风，苹果树丛间的一切都静止了。

前一天夜里，我梦到了长大后就再没有见过的那片旷野。在那片小山坡上的空地上，曾有吉卜赛人仅仅垫着麻袋片而不加马鞍骑着他们的小野马。在电线杆下面那片废弃的空地上，我曾经代表爱尔兰人踢足球比赛，也曾围坐在用轮胎点燃的火堆边和流浪汉们喝苹果酒。

惊人明亮的月光再一次把一切都照亮了，甚至照亮了那些有卵石墙的房子和电视天线组成的丛林。

突然您又出现在那里——神情失落，就像是在找什么东西或什么人——您看上去更加瘦削，更加虚弱，胳膊上搭着件外套。

我向您跑去，而您——我的父亲却向远处走去。"停下来！"我喊道。

"我需要知道您在哪里。"

您看起来急着要离开，但又转过身来用一种厌倦的声音说道："不要再找我了。我不在你认为的地方。儿子你瞧，我在那里！"

突然，我眼前出现了一条宽阔而平静的河，河边的房子里挤满了鬼魅一样的人，一排又一排，都是我认识而且已经故去的人。"还没到你呢，"他们说着，"我们很快乐，看见我们的笑容了吧。都是些你认识而且已经故去的人。"

您慢慢消失了，河也慢慢消失了。现在在梦中，我只能听见那些风一样的男孩们的呼喊声。他们呼喝着野马踏过碎石，跑向小山坡去了。

John Pawson
+ his father Jim Pawson

约翰·波森和他的父亲吉姆·波森

约翰·波森

1949 年出生在英格兰的哈利法克斯。他是极简派建筑艺术先锋，为世界各地设计出了明快通风的建筑，被业内同行公认为简明设计大师。他目前同妻子凯瑟琳·波森（Catherine Pawson）育有两个孩子。

　　爸爸是个强硬但善良优秀的人。每当想到他，他的"约克郡范儿"就会浮现在我脑海中，尽管他几乎没有约克郡口音，但在我脑中他满口浓重的约克郡腔。爸爸的一条建议我一直记在心里，那就是"银行里要留点钱"。当时，我刚拥有了银行账户，却在头一个月内把一整年的零花钱都花光了。记得他和我一起一条一条地审阅明细表，把每一笔支出都归入"必要""有用"或"奢侈"中。很明显，他更愿意去干别的，他一边把口袋里的硬币弄得丁零作响，一边给自己的摩凡陀怀表上弦，把表壳来来回回地打开、关上。为了避免学到他的举手投足，我不带硬币也不带怀表。但是我怀疑，我确实和爸爸一样在挠右侧鬓角的时候会向上挑手指。尤其是自从我四位姐姐都说，我非常像爸爸之后。如果你问我爸爸他怎么样，大多数时候他都会回答"棒棒的"，最坏的一次是回答"还行吧"。那是我最后一次跟他聊天，不久后他就去世了。

表壳关闭的怀表
表壳打开的怀表
波森私人供图

17

Bono
+ his father Bob Hewson
波诺和他的父亲鲍勃·休森

波诺

国际著名乐队 U2 乐队的主唱，同时也是 1976 年乐队成立时的创建者之一。他成功地将人道主义救济与地缘政治活动联系起来，被称为"融合慈善事业的代表"。他与人共同创立了 EDUN 这一环保时尚品牌；创立了慈善团体 DATA[四个字母分别代表债务（Debt）、艾滋病（Aids）、贸易（Trade）和非洲（Africa）]； 创立了慈善机构 Product Red，为抗击艾滋病、肺结核、疟疾来募集资金；还创立了反贫运动组织 One Campaign。他通过给《彼得与狼》（Peter and The Wolf）画插画，并为基金会出版的《办公日记》（Whoseday Book）和《艺术集锦》（Art:pack）做出贡献，帮助爱尔兰临终关怀基金会募集资金。

"儿子，你的问题在于，你以为自己是个男高音，但其实你是个男中音。"

我的父亲叫布伦丹·罗伯特·休森（Brendan Robert Hewson），大家都叫他鲍勃（Bob），他用这个无可挑剔的玩笑话给我牢牢钉上了一个标签。

他很擅长用锤子钉东西。

我家房子的内部就是一个 DIY 出来的梦。我母亲很会用电钻，她务实、坦率，并有和她的鬈发一样黑的黑色幽默感。"艾里斯（Iris）！"一天下午我父亲在楼梯顶尖叫道，钻头从他两膝盖间的木销上滑到了他的腹股沟处，"艾里斯，我把自己给阉割了！"母亲冲出厨房，我紧跟其后，正好看到他"自我阉割"那一幕，母亲控制不住地大笑起来，笑得都快站不住了。

母亲脑中的一个血块夺去了她的生命，这个血块如同开关般地永远关闭了她的人生，从此锡达伍德路 10 号就不再像一个家了，而是一座住着三位男性的房子：我的哥哥诺曼（Norman）、我和我满怀悲伤的父亲。在我们这些爱生闷气的少年看来，父亲现在就像一个军士长，成了一个不受欢迎的权威人物。他把我母亲曾经做的事务分发给哥哥和我。哥哥做得很好，而我做得很差。浑然不觉中，荷尔蒙使我不仅跟这个大人物作对，还陷入了小小的混乱。

父子间闹矛盾就像是古老的仪式，我们俩一直斗到他去世。那次我刚结束了 U2 乐队在伦敦的演出，飞回家乡来到博蒙特医院，躺在父亲床旁边的一张床垫上。他在半夜醒来，焦虑且不停低语。帕金森症使他不能发出他原本美妙的男高音。他的低语声生动且富有冲击力。我叫来了护士，我俩都凑近他试着听清他到底在说什么。父亲急促地喘着粗气，突然响亮且清晰地喊了一声"滚开"，然后说："我想回家。我需要回家。"

如愿以偿，父亲回家了。我还盼着在家里看到他。我不能确定，天堂是否像他所努力让位于锡达伍德路 10 号的家中那样整洁，但这次，轮不到我来争论了……天啊，我们在家里是多么爱争论啊！而父亲是最擅长于此的。圣诞节的早晨我们总是展开年度大争论——关于宗教。那时我没有意识到他其实在教给我重要的一课：质疑一切。由于他不喜欢我质疑他的权威，他只鼓励我们去质疑所有其他权威。20 世纪 60 年代时，父亲信奉天主教，每逢星期天就会开车送他的新教徒妻子和两个孩子到芬格拉斯一个爱尔兰教会的小礼拜堂，而自己去参加天主教的弥撒，然后再回去接他们。在他的理解中，上帝和宗教是两个相分离的概念，其中一个可以让你远离另一个。他的这种世界观可以称得上明智。

在他最后的几周时间里，父亲为他的下一段冒险保存了体力——整天睡觉。护理人员如天使般的体贴照顾，(不仅使我父亲，也使我们每个人)把难以理解的痛苦变得尽可能易于承受。我开始在他睡觉的时候把他画下来，也开始试着保持清醒，同时沉思上天赐予了我一位多么特别、有才华的父亲。我所有的创造力都来自他。他读莎士比亚的著作、画画、唱歌、跳舞。他不是跟男士争论，就是逗乐女士。

我没有任何科学依据能支持这种说法：有时亲密的关系会传承给我们一种天赋，一种能让我们渡过难关的东西。我无法做出解释，但是我知道，自从父亲去世以后，我的嗓音变了。我可以以从未有过的轻松感唱 B 调和 A 调，我现在是一名假装成男中音的男高音。

一个星期天的早晨，在法国南部一座空荡的中世纪山顶教堂里，我跪在古老的木椅上，深深祈求父亲的宽恕，不知道这样做是否有用。

age after age after age

outlast the sun, outlive the noon

（上图）夜间守护，2003 年作
（右图）鲍勃 II，2003 年作

I've hungan to you from the day of my
Birth
the day you took me from the cradle

71

（上图）鲍勃 Ⅲ，2003 年作

in the golden lightning
of the sunken sun
Over which clouds are brightening
thou dost float and run
like an unbodied joy whose race is just begun
Shelley ode to skylark ... drowsily off his mat
morphine ... thank God for it ...

（上图）睡着的鲍勃，2003 年作

John Boorman
+ his father George Boorman

约翰·保曼和他的父亲乔治·保曼

约翰·保曼

出生于 1933 年，是一位电影导演、编剧和制片人。他拍摄了《王者神剑》（*Excalibur*）、《希望与荣耀》（*Hope and Glory*）、《绿宝石森林》（*The Emerald Forest*）等 15 部故事片，包括最近的《女王和国家》（*Queen and Country*）；他还编剧并执导了多部广播剧；他是《见光的钱》（*Money into Light*）和《郊区男孩历险记》（*Adventures of a Suburban Boy*）这两部回忆录的作者，也是 13 部关于电影制作过程的年度影片的共同编辑。他经历过两次婚姻，育有 7 个子女。他目前居住在威克洛郡，他的乡间住宅是他在 45 年前一餐丰盛的午饭后竞拍购得的。

我的父亲性格活泼爱开玩笑，还有点浮夸自满，就像他儿子一样。意识到这一点，我不由得神情为之一变。在第一次世界大战的年代，他在印度指挥着廓尔喀军团，而他的同窗们则在法国的战壕里流血牺牲。在印度，他经常打马球，而当他最终返回英国后，却觉得解甲之后的生活索然无味。

当第二次世界大战开始后，他按捺不住，重返军旅。但当时他已年届四十，不适宜直接参战，于是被征召为文职人员。

他不无苦涩地说："我打字也是为国效力。"

在他的一生中，没什么经历比得上他在廓尔喀军团的跟随下，策马敌阵，抽刀在手。

我的母亲爱我的父亲，但还不够。父亲嫉妒母亲对我的爱，所以当他希望我能在他失败的地方取得成功时，他也希望我会失败。他对我的期许十分明显。我曾要代表英格兰打板球比赛，他在花园里竖起一张网，每天放学后陪我练上好几个小时的球。我非常善于处理他毫无威力的转球，但面对比他强的投球手时却笨手笨脚。

我所有其他的努力和小成就他都不放在眼里，他认为这些都在分散我对主要目标的精力。每当我未得分就出局，或者丢了几个跑分的时候，他会非常享受我的失败，一如我成功后他享受那种骄傲感。不论我在后来的生活中遇到什么样的挫折，我都会想到他轻蔑的微笑。

在《希望与荣耀》（*Hope and Glory*）这部描述我在伦敦布利茨的童年生活的影片中，我父亲的角色由杰出演员大卫·海曼饰演，他在我的自传电影《女王和国家》（*Queen and Country*）中同样扮演了我的父亲。这些电影是根据我的回忆拍摄的，而现在看上去，这些电影比回忆更真实，大卫·海曼也比我父亲本人更像我父亲。

在生命的最后几年，他的脾气变得更为和缓，我们成了朋友。有一次我们沿着布赖顿的海滨漫步，他抬起头看到一只在陡峭白垩崖壁上栖息的鸥鸟。

"这只鸟待的位置很危险。"他说。

"这是个危险的位置，"我回答，"但对于鸟来说不危险。"

"我知道你永远都不会知道的事情。"他又冲我轻蔑地微笑。

我们在沉默中继续走下去。我喜欢他走路的方式。他走起路来就像是从亭子里大步迈向板球场的三柱门，胳膊下夹着一只想象中的球拍，头高高扬起，用谦虚的微笑向鼓掌的人群致意。我很高兴我没有把这一幕拍进电影里，我应该把这一幕藏在自己心中。

Matthew Freud
+ his father Clement Freud

马修·弗洛伊德和他的父亲克莱蒙特·弗洛伊德

马修·弗洛伊德
出生于 1963 年，他于 1985 年建立弗洛伊德传播公司（Freud Communications），并担任这家国际公关和市场营销公司的主席。他广泛参与了慈善、政治和文化活动，包括担任"喜剧 救 济（Comic Relief）"活动的信托人、全国肖像画廊（National Portrait Gallery）的董事会成员。他也曾担任英国电影学院（British Film Institute）的负责人以及皇家艺术学院（Royal College of Art）的理事会成员。他也曾任 2012 年伦敦奥运会的沟通委员会成员。

我父亲自传的开篇这样写道：

当我 12 岁那年，我的预科学校英语老师给我布置了一项家庭作业——给自己写不少于三页的讣告。我详细地描述了自己的死亡——痛苦、缓慢、很不英勇，我还写了弗洛伊德作为三柱门守门员的完美球技，以及"他"所创建的城市公司使"他"成为了那个年代最富有的人之一。我还提到了游艇、因为涂着黑色口红而引人注目的女郎。最后我十分确信地写道："他晚年的所作所为意味着没什么人会为他哀悼。"

最终我们发现这段描写不怎么准确。2009 年，他在 85 岁生日的一周前去世。他的去世非常突然，因此既不痛苦，也不需要怎么英勇。他作为三柱门守门员，并不总是很称职。他生前也并没有建立城市公司、没有游艇、没有因抹着任何一种颜色口红而十分引人注意的女郎。令人惊讶的是，他在晚年的作为倒并没有影响许多人为他的离去而哀悼。在他生前，他的名望让他烦恼。而在他去世后，各界讣告、推文和博客一篇接着一篇。有评论人士将其描述为全国范围内自发性的鼓掌送别。

我的父亲可能符合当代博学家的定义，很难将他归为某一种职业人员。人们通常称他为作家、播音员和前任议员，但实际上，他也是记者、演员、餐馆老板、厨师、赌徒、马的主人、大学校长、商人、慈善基金募款人、专栏作家、媒体名流，当然，也是丈夫、父亲、祖父和朋友。他还是世界级的争论者和争议对象——他曾告诉我，当他反对某人时，他通常会忘记原因，但不会原谅他。他想不起来大多数他和别人闹别扭的原因，但是无论如何仍然能保持怨恨情绪。

他也不是个易于亲近的人。他有着不寻常的电话礼节。他规定，如果我们中的一个人挂断了另一个人的电话，就要先于对方表示歉意。我遵守了这个规定，他通常不遵守。他在餐馆里的举止令人震惊。他总是提出严苛并且常常十分奇怪的要求，因为担心厨房人员出于报复加点什么，我从来不从他的盘子里取用食物。他有很多难以"下咽"的食物，被他拒绝的食物名单非常详细，内容还很多变。面对这些食物，他还要做出一副痛苦的表情，马上停止他令人不快的举动，或是抽身而去作为证明。他去世后的第二天，我姐姐艾玛（Emma）送给我妈妈一个礼品篮，里面装着香烟、大蒜、香水和几双爽健牌(Dr.Scholl)凉鞋，都是五十多年来父亲不允许她送的东西。

我身上也有许多他糟糕的性格特点，相比我对他，我的孩子对我的这些缺点更加不能容忍。他最大的优点就是，他是别人遇到麻烦时的最佳求助人选。我也很渴望，偶尔能做到像他一样。他是别人遇到危难时最好的保护者，他会非常努力地帮助别人解决麻烦或是同情别人。他能用几句话就减轻似乎令人难以承受之重，这本领独一无二。我已记不清多少次了，我犯错误之后心情沉重地从威斯敏斯特公学（Westminster School）穿过议会广场（Parliament Square）去我父亲在议会下院的办公室，向他交代我最近被暂停学籍、被停课或是惹了麻烦，

图为克莱蒙特·弗洛伊德作为英国自由党代表带着马修·弗洛伊德及全家参加 1973 年的议会竞选。英国卫报供图。

他总是坚定地（通常也是错误地）支持我，站在我的立场上。我从未听说他拒绝过哪个需要帮助的朋友。他的慷慨助人不计成本，这也是他人性的反映。他助人时十分谨慎，但从不期待回报或是让人有负债感。失去父亲让我最难过的一点就是，来自父亲的支持不在了。

自从 1954 年克里斯·布拉舍（Chris Brasher）委任他去报道一场朴茨茅斯（Portsmouth）的国内体育赛事，直到他去世当日还在为《赛马邮报》（Racing Post）撰写专栏文章，克莱蒙特·弗洛伊德作为记者工作了 55 年。他还是《女王》（Queen）杂志的秘密调查记者，在 20 世纪 60 年代的伦敦，帮这几个自命不凡的机构维持着完整。尽管他被后来的东家鲁伯特·默多克（Rupert Murdoch）从《太阳报》（The Sun）首席足球新闻记者的岗位上辞退，但仍然是全英国工资最高的记者，很可能也是唯一的同一日内有三家全国性报纸刊载其文章的耄耋老人。

我记得有几次去拜访父亲，大部分时间他都坐在餐桌前，挨着他冷冰冰的打字机，给我读他最新的文章，令我十分失望。尽管我怨恨他把自己最好的一面留给了他的读者，但很明显，相比所有其他形式，他更善于通过写作来表达情感和亲近感。我很高兴，我的孩子们将通过他身后留下的几百万文字来了解他。

亚德里安·基尔（Adrian Gill）曾说，他最喜欢我父亲的一点，就是他不只是"不乐意忍受傻瓜"，更"热衷于让傻瓜不受罪"，没有什么比投身政治活动更能满足他与人对抗的兴趣。相比其他人生阶段，父亲对于他代表伊利岛（Isle of Ely）选区担任国会议员的十四年更为骄傲。从他 1973 年令人震惊地赢得递补选举，到他 1984 年同样令人惊讶地离开英国议会，他为了选区的权益和事业奔走，他的用心和勤勉也震惊了那些认为他是个在政坛玩玩而将他赶出议会的人。在我对童年的回忆中，满是信封填充物、当地诊所和庆典开幕式、反对假释听证会和保护当地企业的请愿信。父亲不遗余力地用自己的才智和影响力勤勉工作，作为选区的国会议员，他的能力之强在当年十分罕见，在今天就更难得了。

在全国层面，自由党是被边缘化的。我想，他的当选使得西敏派（Westminster）（的支持率）上升到两位数。但在杰里米·索普（Jeremy Thorpe）十分需要他的时候，父亲坚定地忠诚于他。由此让我可能是第一次认识并体验到了媒体带来的近距离和针对个人的折磨。当他牵头发起非内阁成员提起的议案，并且投票成功的赔率为 1 赔 500 时，当他在短时间内考虑尝试将大麻合法化，并提出信息自由法案，但由于不符合《官方秘密法案》（Official Secrets Act）而自然被否定时，他作为赌徒的运气并没有抛弃他。

他很难接受从国会议员岗位上被驱逐，并且和党内大佬们发生了争执。他们打发给父亲一个骑士头衔，但他却失去了长期参与他所热爱的议会工作的资格。我想他此后再也没有从议会广场前驱车驶过。相比小时候，我长大后认识到了父亲更多的方面，我们之间建立了亲密的关系。这种关系脆弱且不易维持，但历经潮起潮落，一直持续到了最后时刻，因而足显珍贵。

在他自传的最后一页，他谈到了 1973 年的一天：

> 弗洛伊德家的其他人中，有的被提名诺贝尔奖或特纳奖，有的获得荣誉博士头衔、学术大奖、荣誉市民称号、名誉勋章。而这个人被选为议会议员。吉尔（Jill）问我："你为什么

看起来不那么高兴？"好问题——我突然意识到，出名九年来，我的名声如今才有了坚实的基础。我换上一副高兴的表情。按照计划要举行车队游行作为庆祝。我得站在一辆皮卡的斗里，我九岁的儿子马修也要站在我旁边。我们后面还有 50 辆车，汽笛轰鸣，车灯闪耀。我们还有幸获得警方的护送。人群招手欢呼，我们也向他们招手致意。马修说："我想你现在是全世界最重要的人了。"在内心深处，有那么短短的片刻，我试着认同他的看法。但是想到我还有父亲的角色，于是更正了他的说法："我是伊利岛最重要的人。"看到他有些失望，我又补充说，"而伊利岛是世界上最重要的地方。"

此后多年，我们聊过父亲这个角色的真正含义。在父亲眼中，我还是被首先看作是他的儿子。我曾经反对过一次他的看法，我说作为克莱蒙特·弗洛伊德的儿子，我自己的名字却不值得一提，成长的过程充满困难。他毫不犹豫，也没有一点歉意地回答说："是的，我对你的影响就像我爷爷（著名心理学家西格蒙德·弗洛伊德——译者注）对我的影响。"我不知道，通过自身奋斗出名和出身名门——总觉得自己顶着借来的盛名，哪一个更让人压力大。

尽管在物质上，他对我非常慷慨，但在精神上他不愿让我独立。他需要我的成就来反映他的成就，需要我的失败来反映"一代不如一代"。我爱他遗传下来的自恋情结，相比他去世后的五年，我更是无比怀念有他在我身边的四十五年。在走出他的去世给我带来的悲痛后，我以为自己可以获得解脱，不再被当成是他的儿子。但我已经完全将自己迷失在乔治（George）、乔纳（Jonah）和萨姆森（Samson）的父亲这个身份中了。

Paul Cusack
+ his father Cyril Cusack

保罗·丘萨克和他的父亲西里尔·丘萨克

保罗·丘萨克

1946 年出生。其父为西里尔·丘萨克。西里尔被公认为爱尔兰最佳戏剧及电影演员。他最知名的作品包括《柏林谍影》（The Spy Who Came in From the Cold）、《豺狼之日》（The Day of the Jackal）和《451 华氏度》（Fahrenheit 451）。西里尔最喜欢的是舞台喜剧，他拍摄电影是为舞台演出筹集资金。戏剧界常常将他和肖恩·奥凯西（Seán Ó Casey）、约翰·米林顿·辛格（John Millington Synge）、萧伯纳和契诃夫（Chekhov）相提并论。1990 年，他在《三姐妹》（The Three Sisters）一剧中，和自己的三个女儿同台演出，被认为是戏剧界的一次盛事。保罗·丘萨克是一名电视片制片人，主要出品戏剧和纪录片，2009 年退休。他现在和妻子艾尔玛一起住在都柏林。

1960 年的夏天，在都柏林短暂演出几场之后，我父亲带领着他的剧院公司到欧洲巡演萧伯纳的《武器与人》（Arms and the Man）和塞缪尔·贝克特的《克拉普最后的录音带》（Krapp's Last Tape）两部戏剧。每天夜里，他都要在《武器与人》里扮演布伦奇里，和我妈妈莫琳（Maureen）扮演的莱纳演对手戏。短暂的中场休息之后，他会再次登台，在《克拉普最后的录音带》这部单人剧中扮演克拉普。我的父母邀请我跟随他们巡演。我当时 13 岁，整日在稀里糊涂中度日，害羞、常常难为情，总觉得自己活在世上很尴尬，很让人脸红。我很乐于有什么事情能把我从青春期的沉闷中吸引出来。

巡演将经过阿姆斯特丹、海牙、乌特勒支和布鲁塞尔。公司一行人首先从都柏林飞往巴黎，参加国家戏剧节，并在萨拉·伯恩哈特（Sarah Bernhardt）剧院开始巡演的首场演出。令我非常高兴的是，我搭乘货机前往巴黎，机上还有肖恩·肯尼（Sean Kenny）为萧伯纳喜剧精工制作的布景和所有道具。然而在一开始，我们遇到了一些相当灾难性的问题，我们发现布景做得太大，舞台上放不下，只好进行改造。更要命的是，开幕前的早晨，一个必要道具——克拉普的录音机被公司的舞台经理典

图为丘萨克一家，摄于1951年。莫琳、西里尔和保罗、索查（Sorcha）、西妮德（Sinead）。《爱尔兰观察家报》（*The Irish Examiner*）供图

当换钱后买酒喝了。但最终这些问题都解决了，我自己坐在包厢里，满心自豪，看着父母向巴黎观众爆发出的热烈掌声鞠躬致意。他们没让我看《克拉普最后的录音带》，但是我父亲因为出品了这部戏剧节的最佳作品，获得了国际评论奖（International Critics Award）。

在巴黎的短短几天内，父亲和塞缪尔·贝克特见过一次。他把我也带上了。由于还不知道塞缪尔·贝克特是谁，也不知道他有什么重要影响，我不明白父亲为什么要带上我。最近

有人告诉我，有一份关于这两人对话的记录。记录上说，当贝克特问我父亲如何看待这部戏剧时，我父亲回答说："我认为这部戏里充满了新教徒的负罪感。"贝克特回答说："我认为你很可能说得对。"我对这段对话没有印象，但我记得交谈中主要是父亲在说话。在他离开前，我们站在剧院外，贝克特低头看着我。我觉得他在微笑。他的表情非常美。那是一种善良和真诚的表情，充满对另一个人的同情心。这种感情纽带深深地打动了我，因为在短暂的片刻，我意识到我并不孤单。

这件事的重点在于，在我和我父亲相处的四十多年中，我从来没有成功地和父亲建立那种亲密感。我爱他，也相信他爱我，但不知为何我们难以向彼此真正展露自己。我们常常见面，在整个邓莱里（Dun Laoghaire）码头里散步、聊天，主要是彼此提出请求，或是回忆痛苦的家族往事，并述说功过。有时我们也能获得某种亲近感。我们有时去皇家海军酒店（Royal Marine Hotel）喝上一品脱啤酒，讲一个有趣的故事，然后一起哈哈大笑。但是我们从来没有能够看着彼此的眼睛，或者说作为两个男人面对面，坦诚地分享人生经验，或者去触碰我们内心的软弱处，或是人性深处。所以后来我开始恐惧这种见面，以至于在他生命的最后阶段，我选择避免去见他。

1993 年，我正在布达佩斯拍电影时，他开始咳嗽、声音嘶哑，而且久未康复。最后，他被诊断出运动神经元有问题。他已 82 岁高龄，我最后一次去见他，在他位于伦敦奇斯威克（Chiswick）的家中。这里是他和第二任妻子玛丽·坎宁安（Mary Cunningham）的居所。他的床放在绘画室里，他就躺在床上，不能说话也不能动，身上插着管子。作为演员，他再也不能纵横舞台，让全神贯注的观众大笑或是流泪了。他唯一能动的就是右手。看到我坐在旁边，他给我写了张纸条。我从他手中拿过来，上面写着："请答应我，把我埋葬在爱尔兰。"读完后，我抬起头。他正盯着我。他的眼神就像是一个无助而且脆弱的孩子。我点点头说："当然。"我想我冲他微笑了一下。没几天后，他去世了。我们把他带回爱尔兰，埋葬在都柏林山的山麓上，让他俯瞰着他所钟爱的海湾和城市。

Alastair Campbell
+ his father Donald Campbell

阿拉斯泰尔·坎贝尔和他的父亲唐纳德·坎贝尔

阿拉斯泰尔·坎贝尔

1957 年出生于约克郡，其父是一名苏格兰兽医。他在剑桥学习语言，此后成为一名记者，主要供职于英国镜报集团（Mirror Group）。他曾因精神崩溃在 20 世纪 80 年代中期中断了事业，关于这段经历他写出了一部获奖电影。1994 年到 2003 年间，以及 2005 年大选期间，他担任托尼·布莱尔的发言人和幕僚。现在，他从事写作、演讲、顾问、慈善和体育事业。他曾撰写五卷日记、三部小说和一部个人的抑郁症回忆录。他有三个孩子：罗里（Rory）、卡鲁姆（Calum）和格蕾丝（Grace）。他现在和 34 年来的伴侣菲欧娜·米勒（Fiona Millar）一起生活在伦敦。

我的父亲是一名兽医，尽管他从没说过，我想他对四个孩子中没人继承他成为兽医还是有些失望的。但他也是名优秀的音乐家，苏格兰风笛吹得好，手风琴也拉得好。我确实遗传了他对凯尔特音乐的喜爱。由于他现在已不在人世，我非常高兴在我们小时候，他教我和我哥哥唐纳德吹风笛，我坚持了下来。由于我在英格兰长大，吹风笛导致我在学校没少受嘲笑，但我总是喜欢风笛。现在我更喜欢吹风笛了。每次吹都会想到他。

与父亲之间的情感纽带让我感受最强烈的一次，是在一两年前，那时他已经去世好几年了，这也多亏了他教会我吹风笛。天空艺术团（Sky Arts）邀请我参加拍摄电影《初爱》（*First Love*）。在我哥哥唐纳德和一位优秀老师——芬莱·麦克唐纳（Finlay Macdonald）的帮助下，经过几个月的训练，我要在格拉斯哥的皇家音乐厅，当着两千人吹风笛。其间，我去了父亲的出生地——赫布里底群岛（Hebrides）的泰里岛（Tiree），并在那里和我的家人练习吹风笛。在音乐会上，我要吹奏一段混合前奏，这段旋律被命名为"唐纳德·坎贝尔"，是一位名叫乔治·麦金泰尔（George Macintyre）的老风笛手为纪念我父亲写的。我走上舞台时在一面镜子里看见了自己的影子，我能看见父亲在回望着我，脸上挂着微笑。让我感到震撼的是，当我在台上开始吹奏时，我看见外面有一个人和我父亲长得一模一样。我可能从来没有吹得那么好过，之前没有，之后也没有。

Mick Heaney
+ his father Seamus Heaney

米克·希尼和他的父亲谢默思·希尼

米克·希尼

1966 年出生于贝尔法斯特，是已故诗人谢默思·希尼和他妻子玛丽的长子。米克·希尼同弟弟、妹妹一起在威克洛、都柏林和波士顿长大。他是记者、播音员，现在也是《爱尔兰时报》（*Irish Times*）的广播专栏作家，也定期为有关艺术的电视节目撰稿。他现在和妻子艾美尔（Emer）及两个女儿一起生活在都柏林。

回忆已经不在身边的所爱之人，令人忧伤。父亲如此完美，他的力量、他的建议和他的陪伴，我总能指望得上。他的生活之丰富令人难以置信。而当他离去，如此丰富的生活只能局限于几段记忆，是如此不公。在丧父之痛带给我的所有巨大打击中，最强烈的、毋庸赘言的，也是最伤感的，是意识到我们的友谊如今只是我一个人的事了，只有我对我们共度时光的记忆能够将其定义。对话，变成了独白。无论我尝试追忆多少我们共同的经历，我知道，对我们共同时光的描述总是万不及一。最多，我的印象也只能是一张模糊的抓拍照片，还带有我非常强烈的主观色彩。（顺便强调一下，如果想看我对父亲的文字描述，请您还是翻过这篇文章吧。）

多亏了我们确实很珍惜家庭照片，得以将我家生活的不同场景留存成一个个瞬间，使我能够一遍遍回味。翻看照片，我能够重温欢迎父亲回到我们位于威克洛（Wicklow）家中时的激动，就像他出了一趟漫长的远门——事实上也确实是这样，1976 年，他曾前往伯克利（Berkeley）六周时间。说实话，我的喜悦很可能更多是因为他给我们带回来的外国玩具，尤其是一个压铸的飞机模型，模型上刷着明亮的黄色、红色和蓝色。

尽管如此，由于我从未和父亲分别那么久，在他回家前几天，空气中弥漫的期待感和他终于回到家中，回到母亲、克里斯（Chris）、凯瑟琳（Catherine）和我的身边后，那种一家团圆的喜气洋洋，我直到今天仍能感受得到。

大约十年之后，轮到我跨越大西洋去和全家团聚了。父亲在哈佛大学已经任教一年，我去美国过圣诞节。一天早上，我们俩沿着坎布里奇街漫步，融雪满街，潮湿泥泞。父亲踩过人行道上的积水，泥花四溅——他是要炫耀他脚上"马丁大夫"牌的鞋，我也穿着这个牌子的鞋。"马丁大夫的鞋，什么都能踩！"父亲边说边咧嘴笑着。他情绪内敛，话却脱口而出，即便是在那时，也并不是巧合。父亲善于用这种经过巧妙强化的方式表达情感，而不至于过于明显地流露父爱，让他 21 岁的儿子（也许也包括他自己）感到尴尬。

当然，为了以防万一，不让我们父子间的交往笼罩上一层玫瑰色的光晕，我得提一下我们也有唇枪舌剑的时候，尤其在我的青春期时。例如有一天早上，父亲恐怕是想帮我个忙，开车捎我去学校。然而，短短的一段路上全是他那典型的家长式的抱怨：校服穿得邋遢、课本翻得卷页，诸如此类。他如此残酷无情地表现出坏脾气，以至于不知不觉变得滑稽可笑。这件事后来成为了表现他严格要求纪律的家庭笑谈。

但不知为何，我总是回想起克里斯和我以及父亲 2013 年 1 月在伦敦的一个小酒馆里度过的那个下午。前一天晚上，他刚刚在爱尔兰大使馆做了一次阅读会，像往常一样，十分精彩。当天早上，妈妈和凯瑟琳去忙她们自己的事情了，我和弟弟收到父亲的短信，问我们想不想在坐飞机回都柏林和家人团聚前喝上一杯。当时刚刚到中午，但是这么随意的小酌一杯是难以避免了。

我们在他提议去的酒吧里最多待了一个小时，那是一间伦敦的文人曾经常去的 SOHO 酒吧。我们也没谈什么重要的事，一边打嗝一边讨论"现在喝白兰地还为时太早"。我不记得我们说过的话了，但是在微醺之中，我感受到了一种不言而喻的珍惜，这样的瞬间可不是天天都有。

还好，我们当时不知道这样的瞬间还能有几回。我最怀念父亲的一点就是和他进行这种交谈，也不聊什么重要的事情，因为没有必要。我可以单纯地享受他的陪伴，感觉就像在晒太阳。回忆这些瞬间令人心碎，但也是一种快乐。

Dylan Jones
+ his father Michael Jones

迪兰·琼斯和他的父亲迈克尔·琼斯

迪兰·琼斯

1960 年出生，就读于伦敦的中央圣马丁学校（Central Saint Martins）。他是一名高产作家、记者，1999 年起担任英国《智族》（GQ）杂志的编辑。2013 年，他因在出版业和时尚业的贡献获得大英帝国勋章（OBE）。他已婚，有两个孩子。

我小时候，父亲经常跟我打架。事实上，这么说并不严格真实，因为都是父亲在打我。他打我打得无论什么时候他走进房间，我都会畏缩。他打我打得我直到十岁时，还说话磕磕巴巴，说不出自己的名字。

所以，当我十六岁离开家时，其实是件好事。在最后一次和父亲对峙后，我觉得我要离开。我们保持了联系，他会偶尔在经济上帮助我，我也经常回家过圣诞节，但是我们之间的关系是有问题的。后来，关系改善了——很明显，也没法再恶化了。我们学会了一起共度时光，而不用承认过去。但那些早年的回忆还留在我们俩的心中，我们从来不想劳神去试着说清楚，至少不会对彼此说清楚。

一段时间之后，我们的关系看上去变得像许多父子之间一样：他常常苛责我没有取得他认为我能够取得的成就，经常说我所做的事情是"垃圾"。然而，我能看出来，他其实暗地里以我为骄傲，只是他不知道如何告诉我。

逐渐变老的一个意外副作用就是让人能够发现哪些老生常谈其实是真实的。不管你人生路上做了哪些决定——重大的或是意外的，你会发现许多事情已经为你决定好了。我想我和父亲之间的关系也是如此：一段时间之后，总会成为这样。

当我父亲去世后，我和兄弟去清空他的公寓。尽管花上一天时间把他生命的遗迹一片片拆解是很困难的，但很奇怪，他的去世对我没什么影响。那天中有些时刻还很好笑，比如我和兄弟像一对闹离婚的夫妇一样分他的东西［"不，没关系，这个车轮咖啡桌可以归你，菲尔·柯林斯（Phil Collins）的CD？其实你要想要就拿去吧……"］这一过程就像是给我们的情感纽带服了泻药。

但是楼梯下面的公文包让我震惊了。我父亲长期以来热衷于收集我的作品，而且不管什么时候我的照片被报纸刊登，或是我为某个杂志写了点什么，无论多不起眼，他都找了出来，剪了下来，整齐地贴在剪贴簿里，或是硬纸板上，甚至装在镜框里。他以类似的方式表扬我的兄弟，在他卧室的墙上贴满了丹（Dan）获得晋升或者军事勋章的照片。

一个人在三十年里写的专栏文章可是很多的，但看起来我父亲好像都收集齐了。我在为自己的作品存档时也从不偷懒，然而我父亲找到并保存了许多我已遗忘许久的文章、特稿和评论。

他的书橱里全是我的书——有的还是同一本书放了三四册——包括一两本职业生涯早期我自己或者与人合写的我自己都羞于保存的书。

正当我以为父亲关于我的收藏都被我找到了之时，我又发现了四个金属箱子，里面满是我20世纪90年代的文章剪报。所有我的剪报，都在那里，被认真贴在A4纸大小的小册子里，每一张的日期都被父亲用深蓝色墨水笔注明，用他像蜘蛛爬一样的字迹。

我愣在了当场。正是爱，界定了他的痴迷用心。自从我开始在报纸上露面，他就开始收集。他收集了我的人生，这也是他帮忙构建的人生。也许他收集我的文章是因为担心哪天我不再写了，哪天他没的可收集了。但是我的文章都在这里了，我点点滴滴的才华诉说着他点点滴滴的生命。

我的兄弟不须问这些遗物由谁保存，而且不仅是出于手足之情，他默默地把这些剪报往我车里搬。这些箱子现在还留在我家，我把它们推到楼梯下面，从来不去看，因为我不需要。我父亲都替我看过了。

爸爸，我爱你。

Mario Testino
+ his father Mario Testino Snr

马里奥·泰丝蒂诺和他的父亲老马里奥·泰丝蒂诺

马里奥·泰丝蒂诺

1954 年出生于秘鲁利马。他是家中长子，他的父亲是一名意大利商人，母亲是爱尔兰人。1976 年他前往伦敦，在一所废弃的医院里租了一个房间，开始向刚入行的模特们出售作品集。

他现在已是业内顶尖人士，他精心设计的时尚作品和广告活动尤其出名。1997 年，威尔士亲王的王妃戴安娜就选择他来拍摄照片作为《名利场》杂志的封面。

他的作品被收藏于各大博物馆和画廊。但他并不看重自己的名声，而是默默地为秘鲁和国际慈善事业工作。

我很可能不是父亲所期待的那种儿子，但这从没有影响他给予我慷慨的爱。他给了我很多自由，他几乎是唯一一个支持我按照自己想法做人的人。

他给我最好的建议是：在生命中有些事是你想要的，有些是生命本身想要的。生命比你更有力量，所以你要小心！

我所做的一切似乎都是生命本身选择的，不一定是我选择的！

图为马里奥·泰丝蒂诺和他的父亲
泰丝蒂诺供图

Max McGuinness
+ his father Paul McGuinness

麦克斯·麦吉尼斯和他的父亲保罗·麦吉尼斯

麦克斯·麦吉尼斯

1986 年出生于都柏林。他就读于牛津大学，目前正在哥伦比亚大学攻读法国文学的博士学位。多家爱尔兰以及国际出版物都刊载过他的文章，包括《都柏林人》（*Dubliner*）、《叮人虫》（*The Stinging Fly*）和《白色评论》（The White Review）。

"麦吉尼西斯"

大腹便便的保罗·麦吉尼斯从楼梯口走来，一脸严肃。他拿着一碗泡沫，上面还交叉放着一面镜子和一把剃须刀。事实上，没有剃须刀，因为被某个白眼儿狼顺走了而且懒得还回来。"他大爷的！"他一边找其他修脸的工具一边咆哮。而在此之前，一个和他一样脸上带着泡沫的人已经偷偷躲进了旁边的浴室。

梳洗完毕，保罗站起来，走到栏杆前去查看正在下驹的母马，这就是他的摇滚乐。一只伶俐的野兔蹦蹦跳跳地穿过绿草如茵的小山坡，穿过杜鹃花丛，最后幸福地蹲着不动了。一切都进展顺利，直到他忽然瞥见了一些不和谐景象，让他又想咆哮：我还能看见树丛后面的温室一角！这还叫田园风光吗？不能忍！

他一边继续骂骂咧咧，一边走到池塘边扎了个猛子。我家的池塘不像珊迪库福（Sandycove）的 40 英尺池塘，池水不是清鼻涕色的，也不会冻得人睾丸缩回肚子里。他在池塘四处舒缓地游几圈蛙泳，然后开动胃口，把用禽畜的下水烹调出的开胃小菜品尝一番。他先是把满满一叉子小菜放进嘴里，然后一边津津有味地品尝这些美味可口的肉制品，一边擘画着音像行业的未来，琢磨着怎

图为 1992 年 11 月 7 日，麦克斯、保罗和亚莉珊德拉（Alexandra）·麦吉尼斯
在 U2 奥克兰竞技场（U2 Oakland Coliseum）

么报复一下不听话的网络公司，一边接着把腰了咬得嗞嗞流油。

说出上面这些话，我可能已经任性地侵犯了乔伊斯地产公司广告语的知识产权，那或许
就算跟他们扯平了吧。

沿着约翰·罗杰森爵士（Sir John Rogerson）的码头，麦吉尼斯先生在一辆辆货车边
一脸肃穆地散步，一路上经过风车小巷（Windmill Lane）、里斯克（Leask）家的亚麻籽

榨油坊、水手们的家、原则经纪（Principle Management）公司、邮政电报公司，围着格林（Green）公司转一圈，再经过原来的蒲公英市场（Dandelion Market）。

他第一次在蒲公英市场看见波诺·博伊兰和小伙子们可能还是在一两辈子以前。欢快地唱歌谣的烈火男孩波诺还真是不能不提！他穿着深色的鞋子，袜子上画着天蓝色的钟表，一边踏着舞步一边唱着"我要跟随"的副歌。在听众中，一个浪妞大喊："嘿！波诺先生！你裤子拉链开了！波诺先生！"但是麦吉尼斯先生谨慎地在后面徘徊，已经有了一番盘算。这些十几岁的音乐家收摊后，小心翼翼地走近他。他正在漫不经心地翻着《弗里曼日报》（Freeman's Journal），头也不抬地说道："你们其实不会玩乐器，对吗？"停了一下，他又说，"但是，烈火男孩波诺，或者波诺·博伊兰，随便你们叫什么吧，告诉我，你们想不想去美国火一把？我可是想。"

他走进戴维·伯恩（Davy Byrn）的道德酒馆（Moral Pub）。他也不跟人聊天。操，他很可能已经二十多年没去过这个酒馆了。但我已经这么说了就继续这么说了。现在戴维·伯恩的道德酒馆没有纽迪（gnudi）奶酪丸子或者意大利克鲁多（crudo）生肉或者羊肉汉堡这些菜，或者随便你想象的什么菜了。所以麦吉尼斯就点了一杯勃艮第红酒和一个戈贡佐拉（gorgonzola）干酪三明治。说实话，这些菜也没有，但是曾经有过，所以您就接着听我说吧。一个熟人过来搭讪——我本该用一个我们熟悉的人来代表，但是这个人不咋地，所以我就照实说了：

"包打听"弗林（Nosey Flynn）问道："热火男孩波诺和哥儿几个都还好吗？"

"相当不错，谢谢。"麦吉尼斯回答，然后开始吃奶酪三明治，吃完三明治吃戈贡佐拉干酪。

"你呢？"

"热火男孩最近唱什么歌没有？"

"就是搞音乐。我知道的也不比我司机多。"

"来点黄芥末吗，先生？"

"好的，谢谢。"

就是这样，此处我省略一万字，就先让他在戴维·伯恩的酒馆里吃着奶酪三明治舒坦一会儿吧。这天是 6 月 16 日，纪念小说《尤利西斯》的布鲁姆节（该小说是爱尔兰作家詹姆斯·乔伊斯的代表作，布鲁姆是该小说的主人公，6 月 16 日是他在街头游荡的日子。每年这一天，该小说的爱好者都会上街庆祝。——译者注）。这天也是我老爸保罗的生日。

Cillian Murphy
+ his father Brendan Murphy

希里安·墨菲和他的父亲布伦丹·墨菲

希里安·墨菲

1976 年出生于爱尔兰科克郡（County Cork）。他出生于教育世家，是家中长子，在偶然接触可卡多卡剧院（Corcadorca Theatre）后走上舞台。希里安开始演艺事业时还是一名摇滚音乐家，当他在恩达·沃什（Enda Walsh）的《迪斯科皮格》（Disco Pigs）中首次演出后，开始致力于表演事业。2002 年，他出演了丹尼·博伊尔（Danny Boyle）的影片《28 日后》（28 Days Later），他的事业从独立电影制作走向主流。尼尔·乔丹（Neil Jordan）选择他在《冥王星早晨》（Breakfast on Pluto）中扮演"小猫（Kitten）布雷迪（Brady）"。通过出演四十多部电影，包括蝙蝠侠系列，他证明了自己无论在荧幕上还是舞台上，都有杰出且多样的表现力。他的妻子名叫伊芳·麦吉尼斯（Yvonne McGuinness），二人育有两个孩子。

图为 1979 年，父亲带我第一次前往布拉斯基特群岛。墨菲供图

Joseph O'Connor
+ his son James O'Connor

约瑟夫·奥康纳和他的儿子詹姆斯·奥康纳

约瑟夫·奥康纳

1963 年出生，著有八部小说：《牛仔和印第安人》（Cowboys and Indians）、《亡命之徒》（Desperadoes）、《推销员》（The Salesman）、《伊尼什欧文岛》（Inishowen）、《海洋之星》（Star of the Sea）、《救赎降临》（Redemption Falls）《鬼光》（Ghost Light）和《无比惊悚》（The Thrill of it All）。他还著有两部短篇故事集《铁杆信徒》（True Believers）和《你去哪里了？》（Where Have You Been?）。他还著有广播连载、电影剧本和舞台剧。他曾荣获法国、意大利、美国的多项文学大奖。他还在五行打油诗大学（University of Limerick）担任创意写作弗兰克·麦考特教席（Frank McCourt Professor of Creative Writing）。

第一次校园舞会

昨天，他刚刚出生，我还能把他托在一只手中。他炽热的目光，盯着黑白色的新画。在他睡不着的深夜里，我跪坐在他的摇篮边，哼唱着老歌，我都不知道自己还记得那些词。

一只好奇的夜鸮被蓝色的光影吸引，他瞥见窗帘上的天使，咯咯地笑了起来。洗完澡后，他在软榻上翻了个身，朝着壁炉里的余烬伸出双手。

爱尔兰正在变着模样。穿越寒冷的英格兰，我们带他从伦敦回家。圣诞节到了，我们也到了。我小时候居住的地方——敦劳费尔的灯光，从被热啤酒蒸汽弄雾了的舷窗里透进来。船上喝酒的人们，高唱起《纽约童话》（Fairytale of New York）。

我眨了下眼，十一年的时光就在摇篮曲中过去了。现在，我们在暮色中行车，儿子就在我的身旁。我们经过路边的一根根灯柱，上面贴着的总统候选人海报在雨中被打湿了。我儿子念着那些重复的名字。

车里很安静，车外的雨也细语轻声。他口中缓缓念出的名字，就像是用从旧玩具盒里找到的珠子串成的一条项链。

在学校里，他梳理自己的头发，检查他的曼联队衬衣，点头和老师们打招呼，看上去又紧张又激动。"爸爸你愿意留下吗？你想留下就可以留下。只从六点到七点，我们一个小时就跳完了。"可能离开他更好，但事实是，我做不到。

闪耀着光芒的女孩们入场了。然后精神饱满的男孩们也来了，当迪斯科音乐开始时，他们互相推搡着。在我家大儿子的第一次舞会的夜晚，杰德沃德乐团（Jedward）演奏了《争取你的权利》（*Fight For Your Right To Party*）。还有 Lady Gaga 的标志性的《渴望你坏坏的浪漫》（*Want Your Bad Romance*）。

我过去总认为，我不会介意，能够忍受看着他渐渐长大，在他成长到每个里程碑时一笑而过，还安慰他的母亲。但正是我自己，在我快乐的阴影下，感受到了那种酸楚，在闪耀的灯光下，意识到我们到了人生的新阶段——多么希望我还能再一次把他抱在怀里，或是和他一起假装弹吉他。

Michael Craig-Martin
+ his father Paul Craig-Martin

迈克尔·克雷格－马丁和他的父亲保罗·克雷格－马丁

皇家艺术学院成员（RA）
迈克尔·克雷格－马丁

1941 年出生于都柏林。他在美国长大，曾就读于耶鲁大学。他是一名概念艺术家及画家，因使用生动的颜色描绘普通物品而出名。他是艺术界的重要人物，作品被多家展览馆收藏，包括纽约现代艺术博物馆（Museum of Modern Art）、伦敦泰特美术馆（Tate Gallery）和巴黎的蓬皮杜中心（Centre Georges Pompidou）。他在伦敦大学金匠学院（Goldsmiths College）任教多年，对学生非常有影响力。他现在生活在伦敦。

20 世纪 90 年代中期，有一次我去拜访我的父亲保罗。他当时已 87 岁高龄，住在都柏林的一家疗养院里。我带他出去吃午餐。他身体虚弱，勉强能走，并且几乎失明，严重耳背，但是在其他方面，他却有着惊人的敏锐。像往常一样，他先喝了整整三杯葡萄酒，然后又喝了一杯金汤力鸡尾酒。

我们喝咖啡的时候，他说："你知道我过去喜欢做木工活吧？做几个架子，打几件家具。我现在又开始做了。"我对这个消息非常震惊，问他是如何做到的。"我都在我的脑海中做。"他解释说，"我画出图纸，切割木板，钉上钉子，所有事都想到了，包括割破手指。"

他微笑了一下："你知道我最近做的一件东西是什么吗？一把特殊的锯，我得用它做其他家具。还挺好用！"

（右图）为迈克尔·克雷格－马丁的作品

Paul McGuinness
+ his father Philip McGuinness

保罗·麦吉尼斯和他的父亲菲利普·麦吉尼斯

保罗·麦吉尼斯

1951 年在德国出生。他的父亲菲利普·麦吉尼斯（Philip McGuinness）是英国皇家空军军官，他的母亲希拉·莱恩（Sheila Lyne）是教师。保罗在世界各地的多处军事基地里长大，曾就读于爱尔兰的一所寄宿学校，后进入都柏林的三一学院，然而却并未从该校毕业。1978 年，27 岁的保罗遇到了成员平均年龄 17 岁的 U2 乐队，此前他在电影行业里担任了几年的助理导演。保罗为 U2 乐队担任经纪人直至 2013 年，当年他和特雷弗·鲍温（Trevor Bowen）将他们的原则经纪公司（Principle Management）卖给了该乐队。他是爱尔兰 TV3 电视台的创始合伙人之一，也是阿德摩尔电影公司（Ardmore Film Studios）的拥有者之一。他还和作曲家比尔·惠兰一起作为麦吉尼斯 – 惠兰音乐公司（McGuinness Whelan Music）的合伙人，该公司出版了《大河之舞》。他已婚并育有两个孩子。

我的爷爷是梅西港务公司（Mersey Docks & Harbour Board）的一名职员，我的父亲是他 12 个子女中最小的孩子，出生于 1922 年，1980 年因心脏病突发去世。他曾在利物浦的天主教高中上学，其间，他的数学、英语和足球非常出色。

1941 年 11 月，身为英国皇家空军（RAF）的一员，父亲登上了前往南非的运兵船，并在那里接受了飞行训练。他当年 20 岁，根据他偶尔写的日记得知，他当时驻扎在罗德西亚（Rhodesia）南部的圭洛（Gwelo）。他貌似很享受那段在非洲的时光，除了文章以外，还有其他的纪念物，都生动地反映了当地殖民地式的社会环境。英国计划通过空袭德国取得战争的胜利，领导组建了轰炸机司令部（Bomber Command），并在大英帝国的各地展开对机组人员的训练。

他在德国和欧洲等其他被占领地区共执飞了 57 次行动，1943 年 12 月 21 日，是第一次。他的首个任务是乘哈利法克斯轰炸机（Halifax）夜间轰炸法兰克福。根据他工整的航空日志可以看出，那次的返航旅途长达 5 小时 40 分。他担任 35 飞行中队（Squadron）的导航员，该中队是由精英组成的探路部队的一部分，要先于由数百架轰炸机组成的大部队出发，用燃烧弹和照明弹为大部队标记轰炸目标。

我多么希望能和父亲多谈谈他战时的经历，但我知道他不愿意谈论这些。他从战争中幸存了下来，但有超过 55000 名轰炸机部队的机组人员牺牲了。他的朋友们没能返航，他看到他们的床铺上空无一人。我现在知道，他一定经常体验这种可怕的经历。

对于一个 21 岁的孩子，搭乘着兰开斯特（Lancaster）轰炸机，用早期的导航设备，肩负着为机组寻找目的地的任务，肩负着他们的生命，冒着敌机的炮火，躲避着高射炮，目睹着其他战机被击中、被击毁……这种经历是无法想象的。

他一定被吓坏了。我确信他的余生都受到这种经历的影响。

战争结束后，他被授勋并委任留在皇家空军担任职业军官。1947 年，他休假时在科克（Cork）遇到了我的母亲。1949 年他们在利物浦结婚。1951 年，我在汉诺威附近林特尔恩（Rinteln）的一家英国军医院出生，该医院曾是纳粹党卫队的医院，父亲作为战后驻德占领军的一员被派驻在那里。英国占领区在德国北部。到此时，他驻扎在比克堡（Bückeburg）的皇家空军基地，他的飞行活动是将盟军军官运往世界各地。通过他的飞行日志，我了解到，在我出生的那天，1951 年 6 月 16 日，他作为导航员搭乘安森 PH725 型（Anson no. PH 725）飞机从比克堡到古特斯洛（Gutersloh）飞了一个来回，僚机司令员（Wing Commander）泰勒担任那次飞行的飞行员。

每过一两年，他就会被派驻到不同的空军基地，因此我生活过的地方包括索尼岛（Thorney Island）空军基地、科斯福德（Cosford）空军基地、马耳他、普尔（Poole）和亚丁（Aden）。每到一个地方，我都会去一所新学校，交到新朋友。尽管我的父母总说我是爱尔兰人，但直到 1962 年，11 岁的我才第一次到了爱尔兰。我被送到了基尔代尔（Kildare）郡的科龙戈威斯伍德学院（Clongowes Wood College），这是一所耶稣会办的寄宿学校。我的父亲亲自送我乘坐从利物浦到都柏林的英爱邮船（B&I Line）。经过他的家乡时，我见到了他的几位亲戚，但此后我和他们并没有太多联系。父亲是家中幼子，他的大多数兄弟姐妹已经先于他去世了。

这次旅行的记忆仍能浮现在我眼前。他在都柏林租了一辆车，载着我的箱子和食盒前往科龙戈威斯，在把我交给校方之后离去。我送他到校门外长长的大道中途，和他吻别，然后走回学校。接下来的几天，我前所未有地因孤独而痛苦欲绝，甚至还去看了他的车胎在草地上压出的痕迹。

我在科龙戈威斯度过了六年时光。经历了一开始的挫折之后，我摸清了情况。最初，我听不懂当地口音，并且认为爱尔兰比英格兰落后。我交到了一些好朋友，直到现在 63 岁，其中几位仍然是我的朋友。学校里的一些男孩比我家境要好，我很讨厌这一点。放假在家时我开始做一些零工，服务员、洗碗工等。十几岁时，我和父亲的关系不太好。我在学校不努力，父亲不理解我为什么不抓住这个好机会学点东西，争取上大学，得到一份医生或者律师的好工作。我得过且过，及格就行，最终勉强进入了都柏林的三一学院（Trinity College Dublin），学习哲学和心理学。在三一学院，我仍旧得过且过，更愿意追女生、玩音乐、演学生戏剧和当记者。尽管从多塞特教育部门（Dorset Education Authority）获得了全额奖学金，但我总是囊中羞涩。我的父母备感失望，认为我荒废了学业。当我因没有修完课程而被禁止参加第三学年的考试时，家中的气氛变得十分紧张。我夹着尾巴回到了父母位于普尔的家中。彼时，我父亲已经从皇家空军退役，并且获得了一些资格认证，得以像我母亲一样成为一名教师。他在伯恩茅斯学院（Bournemouth College）教授数学和统计学。

丧失了领取奖学金的资格后，我无力负担返回三一学院重修课程的费用。唯一的办法就是入学南安普顿大学（University of Southampton）并且住在家里，乘火车通勤。我痛恨这件事，也痛恨我的父母没钱把我送回都柏林，我的女朋友及其他朋友都在都柏林。我和父亲到了几乎不说话的地步。我桀骜不驯，他满心愤怒。我觉得我比他成熟得多，他认为我在三一学院做的事情——演戏剧、办杂志是不务正业。我确信自己相当令人厌恶，他认为我在浪费生命。

有一次我没在南安普顿下车，而是直接坐到伦敦，并在那里度过了荒唐的一年。我想方设法攒到了一些钱，回到三一学院继续我的第三学年。

等我回到三一学院时，我的许多朋友都走了，我也对哲学感到厌烦了。我在一个电影剧组找了份工作，从此结束了学业。在参与第一部电影后，我继续以自由职业的助理导演身份

参与电影和电视广告的工作。我父母认为这不是个好工作。当圣诞节我回到家里时，气氛一片压抑。我承诺我会回到三一学院，完成学位，但我心里并不当真。

此时，我已经看中了音乐行业。在为一两部小音乐剧当经纪人的同时，继续在电影圈里工作。我的野心越来越大，开始想试水演艺行业。回忆那个时期，我感到些许快慰。我有一辆车和一个心爱而忠贞的女朋友。1978 年我遇到了 U2 乐队，并开始同他们一起工作，试着争取一个唱片合同。

这时候，我的父母已住在都柏林。我的兄弟也生活在爱尔兰，我的妹妹凯蒂（Katy）在基里尼（Killiney）上学，她是远超过我的好学生，马上要去三一学院并将成为一名律师。我父亲正在享受他的生活。

我和凯西（Kathy）结婚了。我父亲很喜欢她，我想他可能不明白她到底看上我什么了。我们在三一礼拜堂（Trinity Chapel）和谢尔本酒店（Shelbourne）的婚礼很简洁。父亲和我的关系改善了一些，他也光临了 1980 年 2 月 26 日 U2 乐队在国家体育场举行的音乐会。正是在这一夜，U2 乐队被岛屿唱片公司（Island Records）发现，随后成为该公司的签约乐队。我想，他能感受到，意义重大的事情发生了。约一个月之后，他来到我的公寓，我们好好地聊了聊唱片合同是什么，音乐行业如何运转。我第一次感受到，他认为我了不起，并以我为傲。这是他去世前我最后一次见到他。

U2 乐队在都柏林的磨坊道录音室（Windmill Lane Studios）录制了他们的第一张专辑

后不久，我和凯西去了纽约，这是我第一次去纽约。此行的目的是尝试和伟大的代理人法兰克·巴萨罗那（Frank Barsalona）见上一面，我希望能和他预定乐队的现场演出。我第一次和他通电话时他并没有给我一个安排。

然后我就接到了母亲从都柏林打来的电话，告诉我父亲突然去世了。我打电话给巴萨罗那说我父亲去世了，最近一周都无法去见他。而他表示一定会给我安排一个演出。这就是后来成功的开始……

从 1980 年直到 2000 年去世，母亲享受了我和乐队的巨大成功，也亲眼看到我们的孩子亚莉珊德拉和麦克斯茁壮成长。她阅读了关于我的所有文章，也见证了我从事其他生意，比如 TV3 和阿德摩尔电影公司，还参与了 U2 乐队的巡演，以及在节日里跟我们一家到访各地名胜。我希望父亲也能见到这一切，他一定会很享受。要是他能活得久一些，我也会聆听他的建议。过了很久，我才意识到我有多么爱他、崇拜他。我们浪费了许多时间去争执，却本该对彼此更温存。记得十多岁时，我曾在废除核武器这样的话题上同他争辩，并很享受争辩时的你来我往，就像参与体育活动。这一定曾令他很痛苦。

甚至"二战"结束时对某地区的轰炸是否有效、是否符合道德都曾是我们争论的话题。有人认为轰炸机部队的成员都是战犯，更明智的人认为他们是英雄。这一争论依然持续。

令人惊讶的是，在给像我父亲这样的人树立纪念碑之前，人们先给为大英帝国牺牲的动物们树立了纪念碑。2004 年，给为英国牺牲的军马、骆驼、军犬和信鸽树立的纪念碑在多尔切斯特（Dorchester）对面的帕克道（Park Lane）揭幕。

直到 2012 年，轰炸机部队纪念碑才终于在海德公园角（Hyde Park Corner）树立起来，并由女王揭幕。我和凯西、我的妹妹和妹夫都被邀请出席这一感人的场合。这一纪念 55573 名牺牲战士的仪式是经历了漫长且令人痛苦的声援活动才得以实现的。每当我经过这座纪念碑，都会想起我的父亲。

Peter Sís
+ his father Vladimír Sís

彼得·西斯和他的父亲弗拉基米尔·西斯

彼得·西斯

Peter 1949 年出生于捷克斯洛伐克的布尔诺（Brno）。他在布拉格的应用艺术学院和伦敦皇家艺术学院接受训练。后来开始从事电影行业，并于 1980 年获得柏林电影节金熊奖、多伦多大奖赛（Grand Prix Toronto）和金鹰电影奖（Cine Golden Eagle Award）。1984 年捷克政府将他送往洛杉矶，为 1984 年冬季奥运会拍摄电影。当东方集团（Eastern Bloc）抵制奥运会时，彼得获准在美国避难，其间作为插画艺术家和作家获得了巨大成功，著有超过 20 部图书并获得很多奖项。2014 年，他完成了为纪念谢默思·希尼创作的挂毯，该作品现挂在都柏林机场。现在，彼得和他的妻子、孩子生活在纽约。

图为彼得·西斯画的插图

Jonathan Wells
+ his father Arnold Wells

乔纳森·威尔斯和他的父亲阿诺德·威尔斯

乔纳森·威尔斯

1954 年出生。他的诗作发表在《纽约客》（The New Yorker）、《犁头》（Ploughshares）、《AGNI》等书评和杂志上，还入选了美国诗歌学院的"一天一首诗"项目。他的第一部作品集《火车之舞》（Train Dance）2011 年被四路书社（Four Way Books）出版，他的第二部作品集《有许多钢笔的人》（The Man With Many Pens）于 2015 年秋被四路书社出版。他还曾编纂过一部关于摇滚乐的诗歌选，名为《第三条铁路》（Third Rail），该诗选于 2007 年被 MTV 书社（MTV Books）和口袋书社（Pocket Books）出版。

一

对于我父亲来说，每天载着他进出纽约市的凯迪拉克 Fleetwood Brougham 豪华轿车不只是一个交通工具，还是他的世外桃源。在后座，他可以不被打扰地独处，有时会一页页阅读《纽约时报》，用拇指浏览每天夜里带回家的一叠商业报纸。但大多数情况下，他碰都不碰公文包里的这些报纸，只是盯着窗外，听着巴赫的无伴奏大提琴变奏曲，那是他最喜欢的音乐。

单独和他一起坐他的轿车进出这座在我看来"属于他的城市"是很少有的经历，也是一项特权。他人高马大的那不勒斯司机阿蒂利奥（Attilio）驾驶车辆沿父亲选好的路线前进，坐在后座可以从后视镜里看到他小丑一样的面容和又粗又硬的黑发。爸爸给阿蒂利奥下的驾驶指令非常详细。"点刹而不要猛刹，记住刹车和我们一样敏感。"父亲总是重复这几句话，既说给阿蒂利奥听，也说给我听，"提前入弯，不要猛转方向盘。"

当我们俩独处时，他不再喋喋不休地数落我太瘦小或是吃得不够多。这些嘲讽要留到人多时才说。这辆车就是他的一对一课堂，他的讲台。他会非常严肃地把他的理解和他希望我学到的、来自这个世界的经验传授给我。

尽管我已经很喜欢读书了，但他认为到了该教我如何像他那样读书的时候了。他把头向一侧微微昂起来说："我观察过你，我觉得你花在每一页的时间太长了。你是不是每个字都要看？"我看着他，很惊讶读书还有不止一种方法。"这样不对吗？"我问道。"倒不是不对，但是谁有空看那些不重要的字？你真的需要看'这个''和''如果'和助动词？这些词与主旨无关。跳过这些词也不会漏掉太多信息。"他边说边仔细观察我是否在认真听，"我的座右铭是不要冠词、不要介词、不要代词。这些词只会碍事还让你误解句子。要吃就直接吃肉，不要在蔬菜上浪费时间。如果挑走这些零零碎碎的词，你能同样地理解文章，我管这叫垂直阅读。水平阅读是给学究们的，你想当学究？不想吧？"他这样发问，是想让我回答还是不想让我回答？

他想了一会儿，为自己的授课清楚明晰感到高兴，然后问我："你有女朋友了吗？"我看着他，不知道怎么回答才好。"呃……我去参加了舞蹈班，如果你是指这个的话。"我回答说。"不是说这个，我知道你去上了舞蹈班。我是说和你跳舞的姑娘们，有没有哪一个很特别？"他仔细地看着我，右眼明显地跳了一下并抬起脸。"不，并没有。我没有尤其喜欢哪个，如果你是指这个。和谁跳我都无所谓，除了几个高个子女生，我会躲开她们。""我十三岁的时候已经有很多女朋友了，不过我住在城里，城里有许多姑娘可以一起玩。你喜欢什么样的姑娘？"他很感兴趣地问道。"我还不知道呢，爸爸。"我说。"不过你该开始考虑一下了。你完全想象不出和她们在一起的生活有多么激动人心。"他意味深长地看着我说，就好像话里有话。"我想象不出来她们为什么要和我说话。""瞎说！"他说道，"她们想让你跟她们说话，想让你随便带她们去哪里。你明白我的意思吗？"他问道。"不明白。"我说。"是这样，你需要带她们去一个她们从未去过的地方，一个未知的地方，来冲击她们的想象力。你去没去过这个地方不要紧，她们没去过就行。"

当他说这些话的时候，我想起了他在我们度假期间遇到年轻女性会问的标准问题："你是从塔科马（Tacoma）来的吗？"我兄弟提姆和我都以为他有某种地理上的第六感，能够知道某个女人是从哪里来的，直到我们意识到他问所有女人都是同样的问题。他认为我们在美国东北地区遇到的人不太可能真是从西北的塔科马来的，也不太可能了解塔科马。一旦他确认了，他就会开始描述塔科马是个多么美丽的地方，科芒斯曼特湾（Commencement Bay）里在光芒映照下的帆船是什么样子，远处的岛屿在什么位置，春天空气中弥漫的淡淡樱花香有多么令人陶醉。

图为乔纳森·威尔斯和他的父亲阿诺德·威尔斯

威尔斯家人供图

二

父亲打开他在巴黎乔治五世酒店（Hotel Georges V）的房间门，看上去神清气爽，就像睡了一整夜刚刚醒来，而不是当天早晨才从纽约飞来。他的头发乌黑油亮，衣服平滑整齐。他给我一个拥抱后让我等他一会儿。我栽进软绵绵的沙发里，把用护套包着的腿也拽起来。两个月前，我在一个大理石咖啡桌上摔断了腿。能够有几天远离我在洛桑（Lausanne）寄宿学校里陈设简单的公寓房间真是一种解脱。

整理完毕后，他看了看我腿上的护套，然后走过来用手指敲了敲。"我看这很碍事啊，依然很硬。你肩膀怎么样了？"他问我。"这种支架有助于你增加肌肉吗？让我看看……弯一下……"他命令道。我看着他，犹豫着是否真的要弯一下腿，但他棕色眼睛里的态度很明确。"不错……不错。还可以更好。是这样，我这几天很忙，不过我们每天晚上可以一起吃饭。给你这些钱，买点你想要的，花完再给你。"

白天时，靠着腿上的支撑物，我在街上能走多远就走多远。我去了艺术博物馆，买了一件绿色的碎天鹅绒西服和一双高跟的绿色绒面靴子。我想要什么他就让我买什么，金钱的价值对我们俩完全没意义。

我们俩一起吃饭时，半是回忆，半是说教。他又给我讲了一遍之前给我讲过的大萧条时期的故事以及爷爷靠整日打牌度过了十年的失业时光。"这就是为什么锻炼身体很重要。"他补充说，"我想让你结结实实的，别像个充气人。我父亲的那些朋友越来越瘦，再也没有回去工作。在过去，这些充气人从一个镇子飘到另一个镇子。他们给人讲故事，没有任何挣钱的营生，上顿不接下顿。你想像他们那样吗？这就是我坚持要你好好吃饭、做我给你设计的力量锻炼的原因。"

返校前的那个周六下午，他说晚上不能和我共进晚餐，但我们可以一起喝一杯。到了晚上，我穿上绿色的新西服、带涡纹图案的新衬衣和一只新鞋，右裤腿卷到大腿露出护套。在装饰着镀金交叉双箭和月桂叶图案的电梯里，我照了照镜子，感到十分自信。

爸爸点了一杯伏特加汤力水，给我点了一杯可乐。"抱歉今晚不能留下来陪你，我想补偿你。你希望有人陪着你吧？"一开始我没明白他什么意思。我在巴黎有个朋友，但我没叫他来。"西里尔不在这儿。"我回答。他侧身看向坐在吧台前的三个女人。

"我不是这个意思，我是说让她们中的一个陪你，"他说，"你喜欢哪一个？"他问得好像已经选好了一样。他在玻璃台面上敲敲黄铜的房间钥匙。三个女人一起回头盯着他。"你想要哪一个，还是我替你挑一个？"他问道。

她们转过精心化过妆的脸，看看是谁在召唤她们。我看中了右边深色头发的姑娘，她眼睛周围化的妆和她橄榄色的皮肤让人充满新鲜感并难以言表，很有挑战性。她长得像克劳蒂雅·卡汀娜（Claudia Cardinale），身材凹凸有致。爸爸非常戏剧化地向她做了个手势。她来到我们面前后，爸爸指了指我，表明他只是出钱的人："给她看看你钥匙上的房间号。"她点点头，就好像不需要再做其他解释。爸爸指了指他的手表，伸出十根手指，又向我的硬腿套比画了一下，就像是在说，我回到房间要花这么久。我压根儿没想到可以拒绝。

爸爸推推我的胳膊肘让我动起来。我沿着五颜六色的地板砖慢慢往前挪，试着让我的思绪停留在硬腿套的起伏上。我想象着，当我蹒跚着穿过大厅时，父亲和那个女孩都在看着我。我非常感谢电梯能让我躲一躲。当乘着电梯回到我房间的楼层时，我在脑海中想象着爸爸向她付钱的画面，和她把五张百元法郎大钞票塞进钱夹里的同时脸上闪过的一丝母亲般的宠溺。

回到房间后，我把硬腿套放在房间一角，然后开始考虑我应该在哪里等她。在床上等她显得太猴急了，坐在书桌前又太假惺惺，那就只剩沙发了。然后我一屁股栽进沙发里，紧张得口干舌燥。当她敲门时，我拽着桌子让自己站起来，拖着伤腿走到门前让她进来。她带进来淡淡的香烟味和木兰花香，停在我面前说："Mais tu es un enfant. Quel âge as-tu？（你还是个孩子啊，你多大了？）"她问道。"Quinze ans, mademoiselle.（15 岁，小姐。）"我着怯地回答道。"Mais pour quinze ans t'es pas beaucoup，（要是 15 岁，你可不够高大。）"她不太相信我有 15 岁。"Comment as-tu fait ça？（你怎么弄的？）"她一边领着我走向沙发一边用下巴指了指我的硬腿套，还用手环着我的腰，领着我靠在她旁边。"C'est ta première fois?（这是你的第一次？）"她问道。焦躁而又糊里糊涂的我不明白，她是说我第一次把腿摔断还是第一次单独和女人相处。"Oui, ç'est la première fois.（是的，这是第一次。）"我承认。她微笑了一下，明显把我的回答理解为第二种意思，也是更有意思的那个意思。"好吧，这也是我第一次和一个一条腿在壳里的男孩，所以今夜你是处男我是处女。"她笑着对我说。

Michael Wolff
+ his father Lewis Wolff

迈克尔·沃尔夫和他的父亲刘易斯·沃尔夫

不说话的父亲

在我父亲 29 岁、爷爷 64 岁那年，他们俩就再也不跟彼此说话了。我 12 岁那年，在一个表亲的犹太教成年仪式上，我亲身体会到了他们之间的麻烦。我试着去和爷爷熟络一下，对他说："我是您的长孙。"

"你爸让你来的？" 我爷爷莫里斯说完，满面愁云地转身离去。这是我和爷爷仅有的对话，这次对话给我带来了深深的刺激，也让我感到十分不解。

爷爷的话听起来像是在说我的父亲是个煽动者，或是个心怀不满、利用孩子达到不可告人目的的人。而实际上，我的父亲刘易斯非常反对冲突，是个极为温和、有些迷茫甚至随遇而安的人。他太温和了，以至于看起来完全不在意爷爷的敌意，也就因此从不觉得有必要或是有兴趣详细解释一下事情的来龙去脉。有好多次，我试着找到家庭裂痕的深刻原因，根据大家的话里话外、流言蜚语，努力揭露"莫里斯对阵刘易斯"这场戏里主角们的情感深处。而我父亲则只会在他一系列别克车的某一辆的轮子后面，对站在他旁边的我说："莫里斯疯了，就

迈克尔·沃尔夫

1953 年出生，是一位随笔作家，经常写有关媒体和文化的文章。《名利场》《纽约杂志》《卫报》《英国 GQ》杂志和《今日美国报》都刊载过他的专栏文章。他还著有 5 部书，包括默多克的传记《拥有新闻界的人》（*The Man Who Owns the News*），和他对于自己网络生意起落的回忆录《燃烧率》（*Burn Rate*）。他现居纽约市。

这么简单。"

他们产生嫌隙的具体原因是我父亲和我母亲——一个非犹太人的婚姻。莫里斯不是个狂热的犹太教徒，他是生活在新泽西州帕特森（Paterson）的第三代美国人，只在自己方便时遵从教义，偶尔去一个保守派教会参加活动。

毫无疑问，这里面有两代人代际间的和文化上的矛盾。但是我父亲结婚当天，他仍住在家里，那天早上还和他的父母共进了早餐。尽管我的祖父母拒绝参加婚礼仪式，只出席了招待宴会，但他们还是出现在了婚礼的照片上：莫里斯系着宽宽的领带，萝丝戴着一个大胸针。

就这样，两人之间产生了一些不愉快，彼此说几句刻薄的话，流几行眼泪，但会从此决裂吗？他们身边还有妻子、母亲、兄弟姐妹——我父亲和他的兄弟一直保持很好的关系，调和了一些家里的矛盾。还有新成员出生，让一切都从头开始。生活在一起会使当初的决绝过一阵子显得很傻。终其一生，我父亲和他的父亲从没有在一起生活超过 15 分钟。

还有什么我不知道的吗？关于真相，关于我父亲的性格，关于是否有什么更严重的问题让他们间的裂痕难以弥合。

家里人总怪爷爷固执得让人反感，处理问题还不理智。小时候，尤其是青少年时，当我和兄弟姐妹们生气、不爱搭理人或是抱怨个不停的时候，我妈妈通常就会不那么温柔地斥责我们："别跟莫里斯似的。"这句话既有把爷爷妖魔化的效果，又让我们意识到，要是不小心，家族遗传的毛病就会显露出来。

有一次，我又缠着父亲让他解释——当然，我是让他解释他自己——他说："我们在生意上有分歧。"

父亲去世后，我缠着我母亲给我解释时，她不耐烦地说："他们俩能有什么生意上的分歧？"

我也能猜到，或是推断出些许。作为大萧条时期的犹太人，父亲只上了一个学期的大学，在部队里当了四年士官，"二战"大部分时期被派驻到印度，回到帕特森后，卖一段时间女鞋攒到钱后，以一个外行人的身份，开始做广告代理人——这段相关经历我连一丁点都想象不出——但不知怎么他奇迹般地发家致富了。

我能想象，从父母的角度来看，父亲的计划看起来像是听了错误的建议后做出的，或者说是不靠谱。所以也并非商业天才的莫里斯，很可能劝他不要这么做，而刘易斯夸耀他的想法，使莫里斯感到权威被否定、被威胁。他的儿子纵身迈进时髦的生活，未来看起来那么不传统，超越了他的身份，对于他来说是一种决裂，也是一种贬低。

我现在明白了，父亲的追求是新一代人的追求。不管怎么温和沉稳，他都要向前推进。他不能落后于要将时代和文化改天换地的伟大现代化改造。这样的雄心和偏好，也许也带着些许愧疚，很可能造就了一种复杂局面，也许也导致他和难缠的父母没能好好沟通。也许，新一代只能和满心狐疑的老一代分道扬镳。这一定让莫里斯很痛苦，任何做父亲的都会为此感到痛苦。

我经历过足够多的分手，足以知道不说话可以作为一种有效的最终防御措施。这是一种奇怪的力量，就像厌食症患者不吃东西的能力。你可能会感到无助，但你肯定也有这种力量：沉默的力量。

尽管如此，我自己作为一个父亲却越来越难理解这一点。你能多久不和你的孩子说话呢？做父母的能承受多少痛苦呢？但同时，作为一个有成年子女的父亲，也没那么难理解。我意识到，像这样的事情是可以发生的。这种怒火和无以名状的愤恨以及力量对比的变化，如果没能温和地、很好地小心处理掉，可能会变得更激烈、更无意识。我现在不得不经常对自己说，路还长着，这个游戏很危险。很奇怪，在我到了父亲开始不和爷爷说话的年纪时，父亲去世了。我和我无言父亲的对话却继续了下来，每一天都有，直到如今。还有很多没说的话，还有很多要解的谜，还有很多要问的问题。我非常想问问他，在他和他的父亲不说话的岁月里，是否还会同父亲争辩、向他求助、寻求安慰和肯定？

Humphrey Stone
+ his father Reynolds Stone

汉弗莱·斯通和他的父亲雷诺兹·斯通

汉弗莱·斯通

1942 年出生于英国多塞特。其父雷诺兹·多塞特是一位木雕艺术家、设计师、画家、书籍插图作者、石雕工艺师，他的木雕作品、为《泰晤士报》设计的罗曼体大写字母、钟表和英国护照封面图案最为人所知。汉弗莱是一名自由职业的图书设计师，为查托 – 温达斯和魏登费尔德 – 尼克尔森公司（Chatto & Windus and Weidenfeld & Nicolson）工作，也是威尔特郡（Wiltshir）的斯坦福和康普顿出版社（Stanford and Compton Press）的艺术指导。他的妻子是浮纹水画艺术家索尔维格·斯通（Solveig Stone），他们有四个女儿。

我曾经和我的父亲一动不动地站了半个小时观察一只螳螂。那是他在世的最后一个十年。从我很小的时候，他就喜欢和我一起分享近距离观察自然世界的快乐，尤其是观察蜘蛛这样的小生物。他喜欢研究它们的行为。我有一段早期记忆就是在 1947 年寒冷的冬天，一只知更鸟从他手里啄食。从那以后，我就非常喜欢鸟类。父亲的一位深刻理解他的朋友爱丽丝·默多克，在父亲的追悼仪式讲话中非常优美地描述了他的性格："雷诺兹从未停止像孩子一样，仔细地、带着惊讶地观察世界，也像一个艺术家带着哲学家般的永恒的奇妙感。对于他来说，他自己就是一位哲学家，一个完全辩证的存在，不同寻常，超脱凡尘，毫不吝惜对他人的热爱，除了追求完美这一真正的雄心外别无妄念。"

我的父亲生性谦逊低调，但信念坚定。他从未把他的观念强加于我，但却使这些观念更有说服力。他会非常精妙地将你带入他的个人世界，就像他的艺术品能够吸引观众。在他的世界里，不会有对金钱的思考，也不会帮助人做决定；我的母亲会提供必要的常识和果断。他不是那种会和儿子一起踢球的父亲，我是个很爱运动的孩子，对此感到很遗憾，但是我们在

图为汉弗莱和雷诺兹·斯通，摄于 1964 年
斯通私人供图

气质上很相似。不像那时其他做父亲的人，他总是用拥抱欢迎我。他喜欢触摸事物，不像我的母亲。他喜欢抚摸树皮，因为树木是他第三喜欢的事物，排在他的妻子和儿子后面。我们常常因为傻乎乎的笑话笑个不停，也总是开一些很糟糕的双关语玩笑，比如会用"很牛银行（Bulbankian）"来描述包在树里的石块。["牛银行（Bull Banks）"出自《癞蛤蟆先生记》（The Tale of Mr Toad）]。我们常常远足，探索多塞特（Dorset）的隐秘峡谷，很喜欢找

到爬满常春藤的遗址，我们在教堂的庭院里吃过很多次野餐，越破败的教堂越好——他碰巧设计过超过一百座墓碑——或是到切瑟尔滩（Chesil Beach）附近看天鹅。在他舒适的老屋里，他最喜欢的就是安静地坐在工作台前，抽出一本书指给我看印刷或者插图的细节。

他非常喜欢有人陪伴，于是真的选择在客厅办公。我们这些孩子小时候是不允许打扰他的，但是他注意力的集中程度也是非凡的。西尔维娅·汤森－华纳（Sylvia Townsend-Warner）这样描述：

他在一个巨大房间的一端办公，周围堆满了墙一般的书，面前放着装鸟类标本的玻璃箱子。他的办公桌非常大，上面一团凌乱。他仔细地雕刻着小木块。房间的另一端是由他的妻子、孩子、各种拜访者和偶然到来的人组成的混乱人群……他喜欢在工作时周围有人进行不需要他参与的聊天，他喜欢感受到有人就在附近，近得能触到他的玻璃箱子。

这个文明的画面太美好了，都脱离现实了，很难真实反映出像英国诗人艾德蒙·格斯（Edmund Gosse）那样阴郁的童年。事实上我确实记不起曾跟父亲有过冲突，但他的确曾大发雷霆，很可能是因为被惹到了，比如因为某人砍了冬青树。我妈妈十分风趣，也会组织大家活动，我的父母把我家变成了朋友们难以抗拒的乡间避风港。

当然，做儿子的可能会很长时间内希望重现这样的梦幻生活，但是走父母的老路是十分危险的。如果我在他的阴影里成长，尊敬他，热爱他，其实他的阴影也是能激励我的，是良性的，虽然这意味着我也要对周遭环境保持过度的敏感，也要成为一个强迫症患者般追求完美的印刷工人。尽管我想当一个农民，但我成了一个图书设计师，也奇迹般地生活在乡下。现在，我们可以愉快地一起讨论字体和字号。有一次，在我向他表示我对工作的担忧后，他写信回复我说："不要草木皆兵，如果你认为是对的，那就会是对的。"给我提这个建议的，是我永远真诚对待自己的父亲。

我非常幸运，能够有这样一位父亲，鼓励我去欣赏树木的美好、地形的起伏、文字的形状和物体的物理属性，哪怕是一块鹅卵石或是一片鸟的羽毛。

图为雷诺兹·斯通的木版画作品《蕨类植物》（FERNS）

Richard Serra
+ his father Tony Serra

理查德·塞拉和他的父亲托尼·塞拉

理查德·塞拉

1938 年出生于旧金山，曾就
读于加利福尼亚大学（伯克利
分校和圣巴巴拉分校）和耶鲁
大学，1966 年移居纽约。塞
拉的作品曾在世界各地多座博
物馆展出，包括 1977 年在阿
姆斯特丹市立博物馆、1984
年在巴黎蓬皮杜中心、1986
年和 2007 年在纽约现代艺
术博物馆。2014 年 4 月，
塞拉在卡塔尔西部的布鲁克
自然保护区（Brouq Nature
Reserve）的沙漠中安放了大
型永久雕塑艺术品。

图为托尼·塞拉，塞拉私人供图

　　小时候的记忆之一是有一次太阳升起时，父亲开车带我跨越金门大桥。我的父亲在海军陆战队造船厂当管道装配工。我们那是在去造船厂参观一艘船下水的路上。那是在 1943 年秋天，我四岁生日那天。

　　我们到达时，黑色、蓝色和橙色钢板组装成的油轮还在船坞的一根栖木上平稳地安放着。船体主要是横向的，在我这个 4 岁孩子看来，就像是一栋摩天大楼横在眼前。我还记得同父亲一起沿着船体的弧线走过，目光穿过支柱，凝望着巨大的黄铜螺旋桨的画面。然后，在人们一阵紧张的忙碌中，支撑物、架梁、木板、撑杆、栏杆、龙骨基座等所有支架都被拆除了，线缆被放掉，绳索被松开，紧绳夹被打开。人们的操作迅速敏捷，与油轮如此巨大的吨位不相称。随着脚手架被拆除，船移动进入了通向海中的通道。人们随之发出庆祝的欢呼、尖叫，汽笛轰鸣，人声鼎沸，口哨四起。船从船坞中解脱出来，扇叶开始转动，船体不断加速滑出摇篮。

　　人们十分紧张地看着油轮咯吱作响，摇摇摆摆地探进水中，很快又浮起来，颠簸几下然后达到平衡状态。当如此庞然大物轻快自如地漂浮在水面上后，不仅船本身稳定下来，人们的心情也稳定了。

　　这一幕带给我的惊愕和敬畏感一直留在我的记忆中，也成为我需要的创作素材。

Richard Serra

John Banville
+ his father Martin Banville

约翰·班维尔和他的父亲马丁·班维尔

约翰·班维尔

1945 年出生。他的小说包括《证据之书》（The Book of Evidence）、《无穷》（The Infinities）和最近出版的《古老的光》（Ancient Light）。2005 年，他的小说《大海》（The Sea）获得了布克奖（Man Booker Prize）。他还获得了弗朗茨·卡夫卡奖（Franz Kafka Prize）和 2014 年的阿斯图里亚斯奖（Asturias Award 2014）。他还以本杰明·布莱克（Benjamin Black）为笔名写作犯罪小说，最近的一部作品为《神圣勋章》（Holy Orders）。

我从未见过我父亲奔跑。有一天在冲刺追赶火车时我突然意识到了这件奇怪的事，之后我又考虑了很久。当然，他一定奔跑过，偶尔和在必要的情况下，但如果他奔跑过，或者如果我见过他奔跑，我却完全不记得了。他的生活步伐规律而平静，受到他所处的时代、社会地位和年龄等环境因素的各方面限制。他真的没有需要奔跑着去的地方。

想象父母当年的生活，并同自己的生活做比较会令人头晕目眩。父亲在我如今的年龄——已过六十五岁时，早已退休，并且有些平静地准备安度晚年了，意识到这一点让我很吃惊。我的母亲比父亲要抵触年龄的侵蚀和随之而来的虚弱。在她快六十岁那几年，她鼓起勇气、派头十足地购置了第一条当时还被我们称作"slacks"的便装裤。我父亲对此感到完全茫然，我猜他心里也有不止一点的警觉。

这条便装裤是我母亲向 20 世纪 60 年代开始的妇女运动迈出的羞怯一步，毫无疑问，我父亲的反应和当年许多男性同胞们一样，就好像他们的权力受到了威胁。事实上，他们并不需要担忧，至少不需要太担忧。

那时的人们在 40 岁左右就开始抱怨衰老。当我年轻时，我没有想过我的父母是年轻还是衰老。对我来说，直到他们的最后几年，他们都像是年龄不详，和我是完全不同的两个物种，永远不变，就在身边。我不记得自己注意到过他们衰老的特征，哪怕是在我离家以后，越来越不常回去看他们。对于我来说，他们就像是搁浅在一个时间不会变化的空间里，或是保存在开始成为"过去时光"的肉冻中。

在我母亲生气时，我曾听她说我父亲生下来就是个老头。这么说并不公平。我认为，让我父亲显得比实际要老的原因在于他清心寡欲。他在一家大型汽车修理厂当了一辈子白领工人，这家修理厂向韦克斯福德郡(County Wexford)的许多客户提供发动机零件，但讽刺的是，他本人从未学会驾驶。不过，他走路倒是很快。如果我集中注意力，我还能听见他带钉子的鞋跟在我家外面的人行道上踏出来的特殊的切分音节奏。

早晨他常常走着去上班，这会花费大约20分钟。午饭时——他总管这时叫"晚饭时间"——他常常走回家，吃顿饭，看一刻钟报纸，然后再走回去上班。晚上6点完成工作，他常常从修理厂穿过马路到他兄弟开的酒吧里喝上一品脱吉尼斯啤酒，然后出发回家，到家后还要喝茶。

在将近40年里，父亲的日程安排几乎没有变过，除了在夏季几个月里，全家都住在海边，他每天早晚坐火车上下班。那时我认为，父亲每天的循环以及这个循环的单调使他看起来像是失去了很多机遇，也让他显得"比他的年龄要老"。对于他来说，也对于处在和他同样社会阶层和时代的人来说，人生就是几个固定的阶段：童年、短暂盛开的青春期、成年、结婚，然后是漫长的稳定期直到退休。可能，我认为父亲的人生单调是有些居高临下了。在我看来乏味得要死的生活，对于他来说可能很舒适，可能看起来比我母亲总结的、折磨着身边那么多人的徒劳奋斗要好。

我17岁时离开了家，抖一抖鞋上韦克斯福德的尘土，迈向了我认为光辉灿烂的都柏林。看着我离去我的父母肯定十分难过，我走得毫不在意，几乎没有回头看一眼。我是他们最小的孩子，曾经的五口之家，现在恢复到了原来的两口人。在我35岁之前，他们俩都去世了。我当然哀悼他们，但是又有多少哀痛是因为他们？有多少哀痛是因为他们的离去让我第一次真切感受到自己也会死去？倒不是说在那一刻我开始感受到衰老，而是我终于不能再忽视自己是个成年人的现实，而且成年人的生命只有一个方向，用菲利普·拉金（Philip Larkin）

的话说就是，"走上了通往公墓的路"。

父母的去世和他们生前一样顾及他人和与众不同。在 9 月的一个金色的明媚下午，我的母亲在花园中喂鸟时突发心脏病去世，她当时 68 岁，和我现在一样。没几年后，我的父亲在不到 75 岁时，在一家养老院中安详地去世。当我听说他去世了，我记得自己在想：现在我是个孤儿了。我感到自己不可思议地年轻，就像我仍和父母同住时那么年轻，然而我又比那时要老得多。意识到从今往后，当人们提到"班维尔先生"时将是在指我，这让我感到不安。老一代人离去了，留下我接过担子。

W.H. 奥登（W.H. Auden）曾说过，不管他身边都是什么年龄的人，他总能感到他是房间中最年轻的。尽管华发渐生，我也有这种感觉。我会完全长大吗？当然，尽管毫无意识，我的孩子们都在提醒我年岁日增。他们的皮肤多么娇嫩，他们的眼白多么清澈。老人会注意到年轻人身上的这些特点。

然而年轻人同样承载着过去。我的女儿，也是我最小的孩子，17 岁了，也喜欢一杯接一杯地喝茶，就像我的母亲。她也同样喜欢步行去上学，而不是坐车。最近有一天，我看着她在冬日的阴霾中出发，并发现她走路的姿势有些眼熟——她走得很快，重心有些偏左，左脚每迈一步都向外撇。我想，她走路像谁呢？直到我转过头，听到了她的鞋跟在人行道上踏出快速的切分音节奏，才突然意识到记忆中父亲的脚步声已渐行渐远。去世的人在还活着的人的身上，始终在我们身边，并悄悄告诉我们，未来是什么样的。

Chris Blackwell
+ his father Joseph Blackwell

克里斯·布莱克威尔和他的父亲约瑟夫·布莱克威尔

克里斯·布莱克威尔

1937 年出生于英格兰，在英格兰和牙买加两地长大。他的母亲布兰奇·林多（Blanche Lindo）出身于一个牙买加望族，嫁给了来自克罗斯－布莱克威尔（Crosse & Blackwell）家族的约瑟夫·布莱克威尔，但当克里斯 12 岁时，两人离婚。布莱克威尔少校多年都在爱尔兰避暑，后来搬到爱尔兰西部长期居住，这张照片就是在那里拍摄的。布莱克威尔少校 1993 年去世，安葬在克鲁湾的一个岛上。布莱克

威尔家天生热爱岛屿：克里斯成立了岛屿唱片公司（Island Records），并将鲍勃·马雷（Bob Marley）和雷鬼音乐带向了全世界。现在，他还经营着岛屿前哨公司（Island Outpost），在牙买加推广可供选择的奢侈生活方式。布莱克威尔家的产业还包括 007 系列小说的作者伊恩·弗莱明（Ian Fleming）生前的居所黄金眼（GoldenEye）别墅，弗莱明也曾是布兰奇·布莱克威尔的情人。

图为克里斯·布莱克威尔和他的父亲约瑟夫·布莱克威尔少校在克鲁湾（Clew Bay）的一个岛上野餐
布莱克威尔私人供图

Graydon Carter
+ his father E.P. Carter

格雷顿·卡特和他的父亲 E.P. 卡特

我父在"男人艺术（Manly Arts）"的经营总体上获得了褒贬不一的评价。对于户外活动，他样样精通，不仅是滑雪健将、帆船高手，打高尔夫也通常能少于标准杆。而在家里，他就有些笨手笨脚。他的木工活儿让人失望，修修补补也非常一般。我母亲过去常常抱怨他都不能把餐具适当地装进洗碗机里。如果说他在"家庭男人艺术（Domestic Manly Arts）"领域有什么特殊才能的话，那就是独领屁坛风云。他能完美地控制空气排放，就像康斯特布尔（Constable）能在帆布上作画一样。父亲是个"艺术鉴赏家"，能够按要求把屁放出声调。在我父母的圈子里，他因为在屁坛的天赋而小有名气——我不想说小有名气，就算是小有恶名吧。当我们小时候，每当他叫我们拉他的小拇指，我们就知道他要放屁了。

我的母亲在多伦多的一个小地方长大，那个地区仍旧保留着部分爱德华七世时代的正直和谨慎风气。她是当地有名的美女，战争时期曾和多伦多大学的足球队长恋爱过。追求她的人竞争激烈。我父亲那时刚刚出现在她身边，一文不名。他是个皮货猎人的儿子，他的父亲读了《野性的呼唤》后离开伦敦的家人来到了加拿大西部的荒野。我父亲那时身高六英尺多，

格雷顿·卡特

1949 年出生在多伦多，从 1992 年起担任《名利场》杂志的编辑，他在杂志社的工作岗位上度过了 7 届总统任期，腰围涨了 4 个尺码。

115 磅重，是一名加拿大空军的飞行员，身处战时，穿着军装，十分帅气。他留着唇须，举止平凡，从远处看就像是得了贫血的大卫·尼文（David Niven）。

在他们刚谈恋爱时的一天晚上，他带着我的母亲去她家附近的一个剧院看电影。电影开始前，他们坐在座位上聊天，观众们陆续进来，多是我母亲的朋友和亲戚。人们彼此打招呼，士兵们相互敬礼。当剧院的灯光还亮着，电影前的新闻片还没有开始时，我父亲做了一件难以想象的事——他放屁了，还不是个一般的屁，而是个悠长的屁，正在聊天的观众们都停了下来，扭头看向我父母的方向。我从不按套路出牌的父亲站起身来，低头看着我母亲说："哦，玛格丽特！"然后他穿过其他观众走向过道，大步走出了剧院。

我母亲觉得这很好玩，真了不起。他们在一起生活了半个多世纪，在此期间，我从未听他们俩拌过嘴，直到那次我父亲想命名他们的新帆船为"放屁号"。那次是为数不多的几回，我母亲坚决拒绝了父亲。

Bill Clinton
+ his father William Jefferson Blythe Jnr

比尔·克林顿和他的父亲小威廉·杰斐逊·布莱斯

比尔·克林顿

1946年8月19日出生在阿肯色州的霍普，于1992年当选美国总统，1996年连任。离开白宫后，克林顿总统建立了克林顿基金会，致力于促进世界各地的卫生和健康状况。2013年，为了认可克林顿国务卿和切尔西的贡献，这家基金会更名为比尔、希拉里和切尔西·克林顿基金会。除了基金会的相关工作，克林顿总统还担任联合国印度洋海啸灾后重建工作最高公使和联合国赴海地特使。他和他的妻子，希拉里·黛安·罗德姆·克林顿（Hillary Rodham Clinton）国务卿生活在纽约查帕阔，他们有一个女儿切尔西。

我的父亲小威廉·杰斐逊·布莱斯在我出生前三个月去世了。他在去接我怀孕的母亲从阿肯色回到他们位于芝加哥新家的路上出了车祸。他在暴雨如注、路面光滑的高速路上行车，事故发生时被甩出去，摔到沟里晕了过去，淹死在沟里。

当然，我的母亲向我详细地介绍了我的父亲，并且告诉我他有多爱她，如果不是命运弄人，他会有多么爱我。但我总渴望更多地了解父亲，这一生我都在试着通过他留下的东西和认识他的人讲给我的故事，去试着全面地了解他。

在我的童年时期，我想象的父亲形象是十分理想化的，尽管这一形象在我后来的岁月中有些地方暗淡了，有些地方被我新了解到的事情强化了，但我总是十分怀念这个我从未见过的最重要的人。当我自己也成为一名父亲，我试着牢记，这是我最重要的工作，也是我为了心爱的女儿最想做好的工作，也是为了一位失落的父亲——他被夺去了生命中最宝贵的礼物。

Ed Victor
+ his father Jack Victor

艾德·维克多和他的父亲杰克·维克多

艾德·维克多

1939 年出生于纽约，过去五十年来一直生活在伦敦。他曾就读于达特茅斯学院（Dartmouth College），此后在剑桥攻读文学硕士，毕业后进入出版业。他曾为魏登费尔德-尼克尔森（Weidenfeld & Nicolson）和乔纳森·开普（Jonathan Cape）和阿尔弗雷德·A·科诺普夫（Alfred A. Knopf）出版社工作，于 1976 年创办了自己的文学社，并拥有多位令人羡慕的客户。他还为道格拉斯·亚当斯（Douglas Adams）、艾丽斯·默多克（Iris Murdoch），埃尔文·华莱士（Irving Wallace）和斯蒂芬·斯彭德（Stephen Spender）代理业务。艾德·维克多也是海氏文学节（Hay Literary Festival）委托委员会成员和格鲁乔俱乐部（Groucho Club）的创始负责人之一。他还曾多年担任阿尔梅达剧院（Almeida Theatre）的副主席。

1987 年 7 月，父亲要在洛杉矶做直肠癌手术的前夜，我从伦敦打电话给他，祝他手术顺利。他非常高兴，说罗纳德·里根（Ronald Reagan）熬过了手术，他为什么不行呢？为了转移他的注意力，我告诉他，第二天晚上我要和爱娃·加德纳（Ava Gardner）共进晚餐。"怎么回事？为什么？"他很想知道。

我说，爱娃正在写她的回忆录，任命我担任她的文学师，所以我们要一起吃饭，讨论一下写作方法。"小心点，儿子。"他说。"爸，你为什么这么说？"我问道。"她可能会试着勾引你！"

对于我父亲来说，风华绝代的爱娃永远是梦中情人，永远是性感的贝尔福德伯爵夫人（Barefoot Contessa）。他不会知道（也不想知道），那时爱娃已经是个白发苍苍的老太婆，还遭受过一次严重的中风。但是我记得当时自己非常感动，这么多年过去了，他还会为他年近五旬的儿子担忧。

结果，我父亲做完手术后就陷入了昏迷，一个月后去世了，再未能醒来。"小心点，儿子"是他对我说的最后的话之一。

John Waters
+ his father John Samuel Waters

约翰·沃特斯和他的父亲约翰·塞缪尔·沃特斯

"污秽投资人"

我爸爸被我早期的电影吓到了，但仍旧为它们掏了钱。他第一次借给我 2500 英镑，资助我在 1969 年拍了《尘世垃圾》（*Mondo Trasho*）。我刚刚还了他钱，就又向他借了 5000 英镑，于 1970 年拍了《多重疯癫》（*Multiple Maniacs*）。在推销这部影片两年后，把钱还给了他。他从未看过这些地下专题片，但是从报纸上读到过充满敌意的影评，并且知道我曾在拍摄时因"预谋下流地暴露身体"而被捕。也许他只是认为，我拍这些电影总好过真的去犯那些我在作品中构思出的罪行然后被捕入狱。

1972 年，我最后一次向他借了 12500 英镑，拍摄《粉红色的火烈鸟》（*Pink Flamingos*）。他嘟嘟囔囔但还是硬着头皮给我了这笔钱。几十年后我才意识到，他对我的支持是多么惊人。毕竟，什么样的父母才会为孩子拍出一部被媒体描述为"最卑鄙、愚蠢和令人厌恶"的影片而骄傲？当这部电影走红，我又开始还钱给他，但是他说："你还没上过大学，所以这次不要还我钱，留着拍下一部电影吧。你现在正在开拓事业，但别再跟我要钱了。"天哪！这是关于资本主义多么重要的一个教训。

四十年后，他去世了，我十分震惊地听妈妈告诉我，他在保险柜里留着手写的我的还款记录，多是每次还五十或者一百美金。我现在认为，这就是爱。

约翰·沃特斯

1955 年出生，是一名电影导演、作家、演员和摄影师，现居马里兰州的巴尔的摩。

图为约翰·沃特斯（右）和他
的父亲约翰·塞缪尔·沃特斯
沃特斯私人供图

Daniel Day-Lewis
+ his father Cecil Day-Lewis

丹尼尔·戴－刘易斯和他的父亲塞西尔·戴－刘易斯

知道

我抱着我的父亲，

坐在我的腿上，

颠着他，

让他咯咯地笑起来，

他笑得那么无助。

——"国王所有的马

和国王所有的士兵。"

我甜甜地对他耳语，

十分温柔地，我的呼吸

让他的耳朵痒痒的，

我抚摸着他漂亮的头发，

他厚实的银发，

就这样（完美地向左侧）分开。

我把所有的一切

那么多，

那么多，

他需要知道的，

都讲给他听。

在康尼马拉的克里夫顿

一家——卖糖果、奶油蛋糕和

冰激凌的——小商店外，

我扶着他，挨着我

坐在长凳上

我刚刚给他买的

一顶崭新的花呢帽，

舒适地戴在他的头上。

在我们手中，每人

拿着一个蛋卷冰激凌，

他身体前倾，胳膊肘

拄在光着的膝盖上，吃着冰激凌。

我半微笑着，

心中有承诺，却张不开口，

一位女士在给我们照相，

我朝着她的方向望去。

不久以前

我从梦中醒来——

我梦见自己身处我原来的卧室，

在一栋寂静房屋的最顶层。

我知道你就在楼下

身体里的肿瘤不断滋长。

我想不明白，他在做什么，

难道是埋葬在了他天杀的书房里？

"你知道你快死了！"

我冲着下面的四层楼梯喊道。

房屋里回荡着我的声音，

门在门框里震颤，

"你为什么不和我说说？

拜托告诉我，

我需要知道的这些破事。"

从他在房间里的座位上，

一股厚重的沉寂升了上来，

就像粮仓里盖满灰尘的谷粒，

让音叉也不响了，

让鸟也不叫了。

沉寂向着我爬上来。

我在消耗殆尽的空气中等待着，

因为过着什么都不知道的生活，

而感到窒息。

但是这一次，

让我已过世的父亲回到他的童年，

这是个幸福的日子。

我还向他一再确认，

一再确认。

当一排排海浪哗哗地涌来，

变成镶着蕾丝边的透明浪花，

我坚定地告诉他，

一切都会好的，

他也会成长得很强健、

正直和真诚。

当事情来到眼前，

他会非常明确地知道，

该如何应对。

James Dearden
+ his father Basil Dearden

詹姆斯·迪尔登和他的父亲巴兹尔·迪尔登

我小时候不常见到我的父亲，主要是因为他在我醒来前就早早地离家去上班了，晚上快到我睡觉时才回家。如果我运气好还没有睡着的话，他会来给我读一个睡前故事。他也总是因"出外景"而不在家。

我的父亲是一名电影导演，在我看来这再正常不过了。有时我去"片场"看他工作。"片场"在一个有回音的山洞般的巨大舞台上，大部分时候没什么事情发生，直到铃声响起，全体安静。我被允许在摄像机旁观看，这一小块地方在黑暗的笼罩中就像沐浴在圣洁的光环下，摄像助理会在这里打响场记板，然后我父亲会高喊一声"开始"。演员们说几句台词，直到我父亲喊"停"。这个过程非常无聊，我等不及要回家。

我的父亲是个安静、羞涩的人。所以当看到他在工作中所受到的高度尊重，所有人似乎都在按照他的每一句话而工作时，我感到非常吃惊。人们认为他是个严格执行纪律的人，对蠢人的容忍度很低。但是在家里，他却温柔得不能再温柔。我记得他唯一一次因发怒而提高嗓门是在我七岁时，我在刚刚装修好的卧室里做化学实验。我在本生灯上加热一个装有某种化学品的试管，试管还塞着塞子。当试管爆炸时，后果明显是灾难性的。墨水般的黑色液体喷溅得满屋都是。我父亲破门而入，把我放

詹姆斯·迪尔登

最初从业时拍摄最长 42 分钟的电影短片。这为他日后拍出红遍世界的《致命吸引力》（Fatal Attraction）打下了基础，该片也使他获得了奥斯卡奖提名。他还编剧并执导了多部其他专题电影，包括《魔鬼营业员》（Rogue Trader）和《帕斯卡利的岛》（Pascali's Island），后者也是 1988 年戛纳电影节的正式参展影片。舞台剧版的《致命吸引力》于 2014 年 3 月在皇家干草市场剧院（Theatre Royal Haymarket）开幕。

My father, Basil, looking pensive.

（我的父亲巴兹尔，若有所思。）

在他膝盖上，不忍心地打了我几巴掌，还马上向我道歉。他从未再抬手打我。

　　我在八岁时被送往一所寄宿制学校就读，这是当年的风俗。我父母都没有上过私人学校，我确定他们认为他们的做法是正确的，而且可能确实如此。我想家想得绝望，满是对每学期三次父母探视的盼望。而父母探望我时，我们也多是在雨中沿着布赖顿码头（Brighton Pier）走来走去，然后到一家宏伟但陈旧的海边酒店休息一会儿，喝杯茶，直到我不可避免

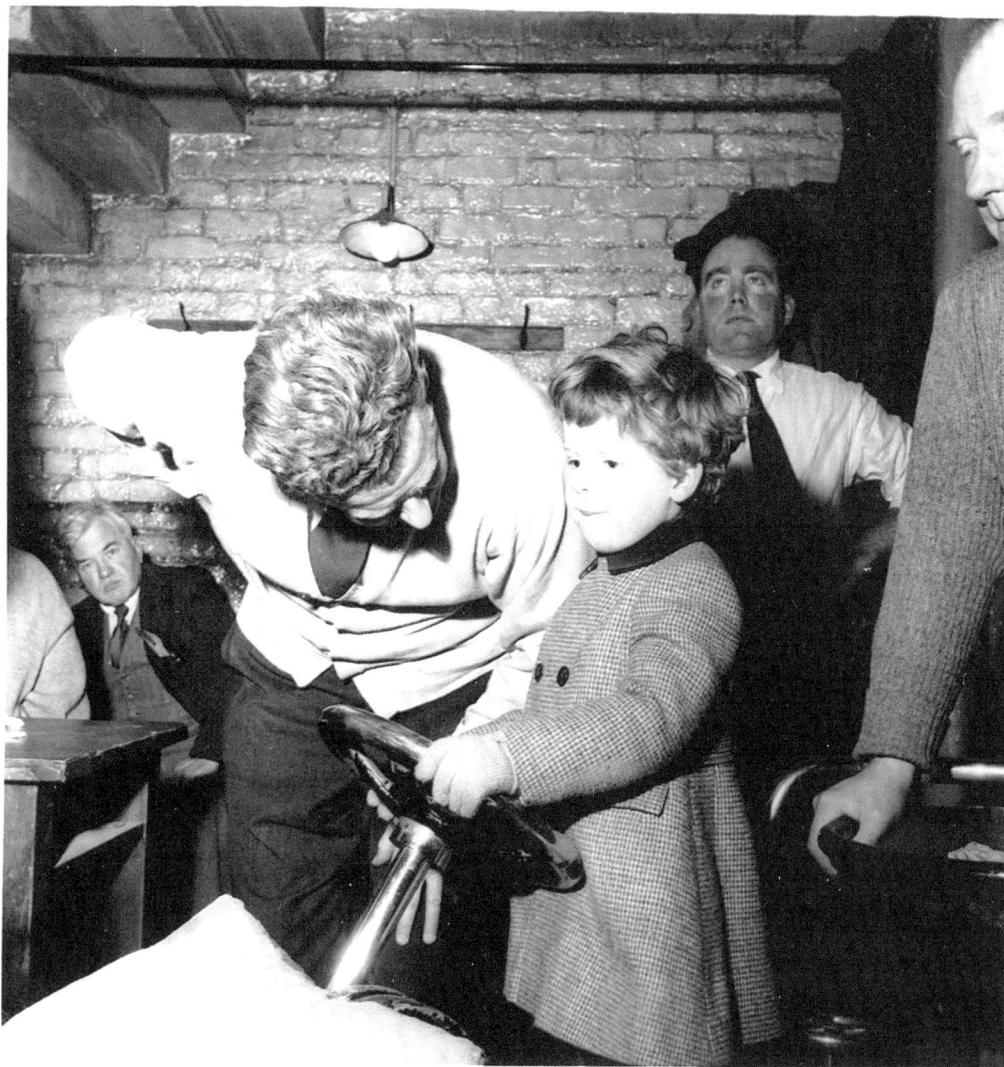

me, aged 3, also looking
pensive on a rare visit to the
set. Note the crew all wearing
collar and tie.

（三岁时的我，在为数不多的一次拜访片场，同样若有所思。值得注意的是，所有工作人员都穿着衬衣，打着领带。）

地要及时赶回学校，参加周日晚上的礼拜。截至下午五点的倒计时总是让人很痛苦，我父亲常常向半空中高高抛起一个板球让我来接，一直玩到最后的分别时刻，直到礼拜堂的钟声响起，宣告周末的结束，我再想见到父亲就得等到四到五周之后的下一次探视。和我玩抛接球、直到我们不得不告别前令人绝望的最后时刻、然后我站在那里看着他的车和其他父母的车一起消失在学校门前的路上……仍是我对他的重要记忆。

因此我们并没有一起"做"很多事情，不像如今的父亲和儿子那样。我们没有一起去钓鱼旅行，或是在车库里建造什么，或是培养共同的爱好，尽管他确实偶尔带我去斯坦福德桥（Stamford Bridge）体育场看切尔西队比赛，当年这支队还叫侍卫者队（The Pensioners），而且看上去总要被降级到乙级联赛（Second Division）。但我想我再也不会感到同某人像同我父亲那样亲近，或是受到如此无条件的爱。我记得母亲曾告诉我，在我大约 18 岁时有一次跑过草坪，当时我留着披肩长发。来我家的一位客人、我一位叔叔的经商的朋友，以否定的语气问我父亲："看见你儿子这个模样你有何感想？"父亲简单地回答说："强烈的爱意。"这个回答一定立即让对方无话可说。

我想，父亲的心情基本上是抑郁的，随着逐渐衰老，他的事业也开始萧条，拍摄两部电影之间的间隔越来越长。我感到深深的难过，总为他感到担忧。他每天仍会去摄影棚，坐在办公室里，但作为一名导演，还未有下一部片子可以拍，而只有当他参与拍摄时他才是快乐的。我刚刚满 21 岁，还在大学时的一个夜晚，大约 10 点钟接到了母亲的电话，她声音颤抖地说："亲爱的，我有一个坏消息，你爸爸遭遇车祸去世了。"他在潘伍德（Pinewood ）的一家酒吧里喝了酒，然后开着他的蓝色小迷你 [为了省钱他刚刚把他的捷豹车（Daimler-Jag）换成了迷你] 走 M4 公路回位于伦敦的家。他显然是开车时睡着了，然后冲下了公路，撞上了高速路的柱子。我希望他死在撞击的瞬间，因为车祸导致了车身起火。我父亲为数不多的一位亲密朋友道奇·海沃德（Dougie Hayward）建议我不要去辨认遗体，而是由他来替我。对此我很感激，同时也有一些愧疚感，感到自己没能向父亲好好告别。

我痛苦欲绝。他的去世让我难以割舍，事情的突然与残酷也给我的内心带来了巨大创伤。真正从悲痛中走出来，我花了好几年时间。他才仅仅 60 岁，我现在已经比他当时要年老了。但是我内心的一部分将永远保持那个时期的小孩子状态，等着那个板球从空中落下。

Roddy Doyle
+ his father Rory Doyle

罗迪·道尔和他的父亲罗里·道尔

罗迪·道尔

1958 年出生。他著有 10 部小说，包括 1987 年的《任务》（The Commitments）、荣获 1993 年布克奖的《童年往事》（Paddy Clarke Ha Ha Ha）和 1999 年的《一颗叫亨利的星星》（A Star Called Henry），以及最近于 2013 年出版的《勇气》（The Guts）。他还为儿童读者写作了 7 部书，为他的父母写了一部回忆录，出版了两本短篇故事集，以及创作了电影剧本和舞台剧剧本，最近的一部是在伦敦皇宫剧院（Palace Theatre）上演的《任务》。他同罗伊·基恩（Roy Keane）共同写作的《后一半》（The Second Half）于 2014 年 10 月出版。他现在在都柏林居住和工作。

我父亲在巴里巴宁（Ballybunion）弄丢了他的假牙。这件事发生在 1966 年 8 月，当时我 8 岁，我父亲——我刚刚算出来——当时 42 岁。我在沙滩上坐了几个小时，看着他和我姐姐潜下水里又浮起来，潜下去又浮起来。那可是在大西洋里，所以他们找到他的牙或者任何人的牙的概率是微乎其微的。但是，最终——也是不可避免地，我听到了一声咆哮，他找到了，或是我姐姐找到了。他从水里走出来，有点像《诺博士》里的乌苏拉·安德斯，如果乌苏拉是个男的，而且刚刚找到了几小时前丢失的假牙的话。

我认为我父亲并不是故意弄丢了他的假牙。

我忘了到底是怎么发生的，或者我压根儿就不知道。一个浪头拍在他的后脑勺上，假牙甩了出去。他张开嘴想说话，一个浪又把他带了起来。当他落下来，假牙还在眼前，然后水花一溅，假牙没了。或是类似这样。他跋涉进大西洋，并没有打算弄丢假牙然后再找到。或者，他并没有把假牙藏在腋下——能藏假牙的地方很有限，然后假装又找到了。丢假牙是个意外，再找到是个更大的意外。

但有时我也会感到奇怪。

他这一辈子，直到去世前，都在制造故事。他身后留下了一串故事，他说的话或者做的事，人们几十年后向我提起时还会忍俊不禁。

"他可是个人物。"
"他超好玩的。"
"你爸，他有点疯。"
"他可是个绅士。"

他遇到我母亲的时候是喝醉之后。他给她留下了很差的印象，直到过了一周后，才得以重新改善。那个故事更有趣。当年在印刷厂做学徒工时，他因表现出色获得了奖励——一笔现金。他拿着现金去了福克斯烟草店（Fox's）买了烟斗和烟丝。他在烟斗里装好烟丝，抽了他的第一口烟，感到一阵恶心，然后继续抽了下去。这件事就好像是他确实做过一样，所以四十年后他能讲给我们听。这是个很有意思的故事——瘦高的男孩抽烟抽成了大人。差不多同一时期——1941 年或者 1942 年的　天，他站在浓雾中的戴姆街（Dame Street）街头。他有辆自行车，但是因为什么都看不见，所以不能骑车回家。他开始往前走，然后真的一头撞上一个表亲。那位表亲慢慢地带着他沿街走，直到博多克百货店（Burdock's），然后给他买了一袋薯片，那是他第一次吃薯片。我们其他人在浓雾中站多久才能有一位表亲撞上来？每一次我买薯片都会想到我父亲。

要说的就是这个意思。

我母亲告诉我，有一次他们参加一位牧师任职五十周年的庆祝派对。一位主教刚刚还在称赞这位牧师——他是个多么好的人，是所有人的楷模。我父亲站起身来，走到房间的另一头。一分钟后，我母亲听到一阵笑声。我父亲是直奔主教面前，指着牧师说："要是他这么好，怎么您是主教？"满屋子的人都记得这件事。

1992 年他做了冠状动脉搭桥手术，他很高兴术后能活着醒来。他聊个不停，脑袋里交织着他在收音机里听到的事情和手术后几周内不断出现的幻觉。有一次他问我当他在"刀下"时错过的球赛比分时，向外看着医院的走廊，然后说："那个黑人作为一只鸡来说太瘦了。"

世界上没有黑人鸡，不过，它成了我家的一分子，现在仍旧下蛋。

去世前的那个晚上，他被转移到另一个病房。他有些不明就里，不知道自己身处何方。他看不见东西了，只能分辨出有光——那是他最后一次看见阳光——但是他不明白光为什么在那个位置。他倒没有因此不高兴。他知道我母亲在他身边。房间里还有另一张床，旁边的椅子上坐着一位老人，马上就要上那张床。护士正在向他提出一系列问题，他明显已经经历过这一常规检查。

"迈克尔，你结婚了吗？"

"我妻子去世了。"

我们坐着听他们问答。我父亲闭着双眼，看起来像是睡着了。

"你有孩子吗？"

"我有三个儿子。"

"你大儿子叫什么？"

"我说过了，叫迈克尔，和我一样。"

"所以他是你的继承人？"

"是的。"

"你二儿子叫什么？"

那人迟疑了一下。我父亲说："凯文。"

"凯文。"那人也说。

第二天我父亲去世了，享年90岁。我从未见过凯文。要是我见到了，我会笑，也可能会哭。

James Dyson
+ his father Alec Dyson

詹姆斯·戴森和他的父亲亚力克·戴森

詹姆斯·戴森

1947年出生于英格兰诺福克。他是一名英国发明家和工业设计师，是戴森公司的创始人。他发明了双泵无囊真空吸尘器。

　　我的父亲出发去霍尔特（Holt）站搭乘蒸汽火车去伦敦前，拿着一个小皮包从后门向我们挥手告别。那是我最后一次见到他。每次回想起这个画面，他勇敢的快活劲儿都会让我哽咽。

　　电话响起时我的哥哥汤姆、我的母亲和我正在喝芦笋汤。当我母亲接电话时，我对于那个消息有一种幼稚的预感。这是很惊人的，因为1950年我还不知道癌症是不治之症。一种残酷的忧伤降临到我们头上。我们的姐姐珊妮（Shanie）很有才华，她住在寄宿学校里。我们担心她独自一人怎么面对这个消息呢？

　　11岁的汤姆和9岁的我有幸在当地的格莱斯汉姆学校（Greshams School）走读，我父亲就在这所学校担任古典文学部门的负责人。这所学校的校长洛吉·布鲁斯-洛克哈特（Logie Bruce- Lockhart）为人慷慨，他的妻子乔（Jo）十分善良。他们安排我们俩名义上交一些费用就可以在学校寄宿，好让我母亲可以出去工作。她接受过师范培训，后来作为一名成人学员去剑桥大学潜心攻读英语专业的学位。

　　我不确定在学校寄宿是不是个好主意。我别无选择，只能压抑自己的情感，就当自己总是伤痕累累，孤身一人。我这样做也许是因为要向失去的父亲证明什么，或者只是一种生存技巧。

我无法想象，当父亲在和我们告别时，如果知道自己可能要死在 120 英里以外的威斯敏斯特医院（Westminster Hospital），他的心情有多么悲凉和伤感。他刚刚在缅甸作战度过了"二战"时期，乘船度过了漫长的旅途，远离他年轻的妻子和家人，这使他的离去更加有悲剧色彩。

我印象中他是一位乐观、博学的人。他以少校军衔管理学校的预备役部队（他在战时两次被嘉奖），执教曲棍球队和橄榄球队，还在诺福克浅河里教我驾驶小帆船。他过去常常早早地把我叫起来去赶春季大潮。1954 年一个狂风暴雨的夜晚后，他也是早起赶潮，那天海水倒灌，横扫了整个北部诺福克山谷。那一趟可不仅仅是跳上汽车出发兜一圈那么简单。我们开的是一辆标准 12 型（Standard 12），我记得由一台捷豹发动机提供动力，需要用手柄发动，反冲力巨大，还经常抛锚。简直就是一次冒险。

我父亲在一个乐团里吹奏次中音竖笛、给学校编写剧本（我还保留着他在莎士比亚著作集缩印本上写的脚注）、喜欢用熔化的铅铸成士兵小人、喜欢在工作间里做木工活。他还给孩子们写过一本关于印度的书，还用水彩画了精美的插图。那本书叫作《王子和魔毯》。我的孙辈们都很喜欢听我给他们读这本书，还喜欢和我一起念让魔毯起飞的咒语："魔咒魔咒显神威，魔毯魔毯快起飞！"他还能够随口创作有深刻含义的打油诗。他是个业余摄影师，自己冲洗照片，然后贴在珍贵的影集里。他总是做一些我们能一起参加的事：一起喂鸡、让我们从汽车里探出身子兜风、一起给格莱斯汉姆学校的演员们化舞台妆。

我哥哥很聪明，和父亲一样攻读古典文学，并在剑桥大学基督圣体学院（Corpus

Christi, Cambridge）获得了奖学金。尽管在我毕业时，洛吉对我的评价很鼓舞人心，但我看上去却不像哥哥那样有前途。不过，我确定，如果看到我在伦敦皇家艺术学院（London's Royal College of Art）做了一名设计工程师，父亲也不会太失望。他应该会感到好笑，我除了要做体力劳动外，也得做脑力劳动。我和剑桥大学保持着密切的联系，我在剑桥的基督圣体学院给理科研究生设立了以我父亲的名字亚力克·戴森命名的奖学金，每年颁发一次。剑桥的工程院系成绩斐然，戴森公司还在这里资助了多个项目。

　　我八岁时有一次，我们一起开车从康沃尔回来，那是我们最后一次一起度假后回家。我们在达特穆尔（Dartmoor）停下来野餐。我独自一人出发，沿着一条铁轨探索高高的蕨丛。在一个拐角处，我发现我的父亲在那里，病容沉重。在我还没开口之前，他就说道："别告诉妈咪。"不想引起他人的注意，这是他的典型作风。在我们回去和家人团聚的路上，我对他产生了强烈的爱和同情。六十年的时光也没有减轻这些记忆带给我的惊骇感，同样也没有减轻想到他无法享受看着三个孩子长大成人、觅到佳偶而带来的伤感。他一共有六个孙子孙女，他会多么喜欢和他的孙辈们玩耍啊！我的一个孙子米克（Mick）现在的年龄正是我父亲去世时我的年龄，想到这一点就更让我感到心酸。米克充满爱心，冰雪聪明而且沉着自信，然而他入睡时也要抱着他皱皱的软软的小狗：他还是太脆弱了，不能承受丧父之痛。看着米克和他充满创造力和爱心的父亲伊恩（Ian）一起打乒乓球、玩拼图，我意识到我是多么怀念我的父亲啊。

The Edge
+ his father Garvin Evans

The Edge 和他的父亲格尔文·伊凡斯

The Edge

原名大卫·荷威·伊万斯，1961 年出生于英格兰埃塞克斯郡，父母格尔文·伊凡斯和格温达·伊凡斯均为威尔士人，在他婴儿时期一家搬到了爱尔兰。他是 1076 年成立的摇滚乐队 U2 的创始成员，是一个天才作曲家和音乐家，具有独特的吉他风格，擅长弹奏钢琴和键盘，为 U2 的专辑、巡演担任主唱和配唱。他与莫莱·史登堡结婚并有两个孩子。The Edge 在他的第一次婚姻里有三个女儿。

钓鱼似乎将我们与一种原始的生存状态联系起来。作为一种可接受的狩猎方式，某种程度上，把鱼从它的水生环境里拖出来并用棍子敲它的头，比在森林中用箭或子弹射杀另一个哺乳动物要不那么令人生厌。

我记得有次和父亲的钓鱼之旅，那时我 12 岁了。我们去了威尔士一条叫作 Tywi 的河，在那里和我的叔祖父戈登一起共度了三天时光。由于我的爸爸和我都毫无头绪，所以这不完全是在传递什么秘密诀窍，但重要的是我们要出去做一些我们可以分享的事情。时间太过久远，在我所能记得的非常有限的和爸爸黏在一起的时光里，已想不起太多其他事情。

但是有一个时刻，是永远印在我的记忆中的。我触电般感觉到我的鱼线突然绷紧，钓鱼竿向下弯曲，我意识到一条大鲑鱼已经咬住了诱饵。接下来的几分钟是一系列混乱的动作，以松弛的线和鱼儿逃之夭夭而告终。事后分析原因可能在于：糟糕的结，卷轴阻力太紧，鱼线缺乏张力，但是失落感很快就消失了，我们的注意力轻松地转移到了一个由来已久的仪式上——讲述"逃跑的那一个"的故事。这对于我父亲和我来说是很重要的时光，但男孩和自然之间的连接也仍然存在。

我现在仍然喜欢到荒野去和某些东西做一种重新连接，具体是什么我也说不上来。也许是一种原始生存状态和更自然的生活节奏的想法，也许是一种使我的感觉都调动起来和提高的方式，也许是最终抓住了跑掉的那条鱼的往事。我所知道的是，当我有了儿子以后，这是我们一起做的第一件事。首先在岩石上找螃蟹，然后钓鱼，最终尝试一些更大的东西。

这张照片是我们在巴哈马钓到的一条梭鱼。作为一个父亲，我看到了秘诀的双向传递。我的儿子利维，最早时坚持要把他抓到的鱼扔回去，这些现在对我来说有一定的意义，因为它们都是"逃跑的那一个"。

（左图）The Edge 和他的儿子利维钓鱼
The Edge 私人供图

Robert Fisk
+ his father Bill Fisk

罗伯特·菲斯克和他的父亲比尔·菲斯克

罗伯特·菲斯克

1946 年出生。他是《独立报》的中东记者，过去的 38 年常驻在贝鲁特。他在英格兰和爱尔兰接受教育，获得政治学的博士学位。

在都柏林的三一学院，他曾因报道中东冲突获得 18 次新闻奖。他同时也是多部畅销书的作者。他的作品包括他攻读博士期间研究爱尔兰在紧急情况下中立政策的著作《战争时期》（In Time of War），他对 1975 年至 1990 年间黎巴嫩内战的第一手记录《国殇》（Pity the Nation）以及对中东地区从大战后到今天的历史回忆录《文明的大战》（The Great War for Civilization）

1993 年，母亲在贝鲁特给我打电话说，父亲去世了。我早就不再叫他爸爸了——我使用"父亲"这个词。这个词首先是具有讽刺意味的，因为他总是要求尊重；其次因为这个词适合他的年龄和他的历史，他出生于 1899 年，去世时是 93 岁，所以我可以说我的爸爸或我的父亲比尔·菲斯克出生于上上个世纪。他曾是世界大战中的一名士兵，一名真正意义上的爱国者。比尔是个忠实的人，他履行他的诺言，按时支付他的账单。

在任何情况下，在 21 年前的那一天，我在电话里回复我的母亲时说，比尔是一位他那个时代的人。他是一个维多利亚时代的人，一个贫穷的小男孩在 13 岁便辍了学，他父亲爱德华·菲斯克没有更多的钱来支付儿子的学费。我的祖父曾是卡蒂萨克号的一位驾驶员，后来成为伯肯黑德的副港长。所以比尔自学了会计直到 20 世纪 60 年代退休时，他是梅德斯通市的自治区财务主管。在父亲去世的那天，我还告诉我的母亲，多年来，比尔教给我要热爱书和历史。那是他给儿子的一份遗产。

这是我能说出的有关于他的最好的话。他可能是一个苛刻的人，我艰难地避免用"残酷"这个词，他对我母亲和我咆哮，坚持他也只有他可以决定我们将在哪儿住、我们将如何花钱、我应该穿什么、我应该说什么，以及违背我的意愿让我去一个充满暴力与欺凌的英国寄宿学校。有一天，在一场激烈的争论中，他把一把餐刀扔向了我。

比尔继承了他父亲的世界，1890 年的默西河的世界：种族主义，反爱尔兰，不能容忍那些不同意他看法的人。退休多年后，他被任命到公平租务法庭。有一天他回家吹嘘说他提高了一对年轻夫妇的租金，因为他怀疑他们没有结婚。他管黑人叫黑鬼，我认为这是为了激怒我。

这确实激怒了我。他去世之前我没有再去看过他。然而……

我觉得对于父亲总有一个"然而"。因为比尔是一名十几岁就参军的士兵，他试图在年龄不够的情况下报名参加英国军队，因为他想加入他同学的队伍中，为"小比利时"而战。他刚一穿上制服，就因一个叫帕拉格·皮尔斯的人而被送到了都柏林，他到达爱尔兰后，被派往科克港的维多利亚兵营（现在的柯林斯兵营）。这其实救了他的命，因为在 1916 年第一次的索姆河战役，20000 名英国士兵，包括比尔学校的一些朋友，在第一天的进攻中就失去了生命。我曾经试图向比尔解释，皮尔斯也许救了他的命以及我的！

比尔在 1918 年第三次索姆河战役时抵达法国，他在战壕里作战，帮助解放康布雷，后来行刑队要求他处决一名皇家炮兵战士。这名士兵在巴黎杀害了一名英国军事警察。比尔拒绝了这个命令。他不会处决战友。我相信，这是他一生中最美好的行为，儿子会全心支持他的决定。比尔·菲斯克少尉是一个勇敢的人。他想加入廓尔喀人，成为一个普通的军官，但他勇敢地违抗命令摧毁了这个希望。就这样他失去了他的军事生涯，以及一个法国女朋友，回到了伯肯黑德的雾中。

随着岁月的流逝，比尔成了一个不再抱有幻想的人。他读了黑格元帅的传记，意识到世界大战是建立在谎言之上的，有次我跟他聊天时，他把它称作"一种极大的浪费"，那时他（错误地）恐惧于他将死于癌症。他停止去教堂做礼拜，他变得比他所投票支持的保守党更右翼。晚年时，他让我的母亲给他的一张 1918 的照片装框，他穿着制服，骑着一匹叫白袜的马，根据照片后的字可以得知，照片摄于佛兰德的阿兹布鲁克附近。他想把它放在桌子上。但我的母亲不近人情地拒绝了。

比尔说他一生都想要一个自豪的儿子，但他无法理解的是感情是必须争取的，而不是理所当然的。他说他想要一个以他为荣的儿子。我担心他真正想要的是一个听话的下级军官，而他不可能有。这是他的不幸，我想，也是我的不幸。

Colin Farrell
+ his father Eamon Farrell

科林·法瑞尔和他的父亲埃蒙·法瑞尔

科林·法瑞尔
和他的父亲埃蒙·法瑞尔

科林·法瑞尔

1976 年出生于都柏林。在过去的二十年，他一直以演员的身份工作于国内外。他扮演过各种各样的角色，并享受其中的每个角色，但更偏爱其中的某几个。2009 年，他因在马丁·麦克唐纳（Martin McDonough）执导的电影《杀手没有假期》（In Bruges）中的表演获得了金球奖（Golden Globe Award）；2010 年，他凭借在尼尔·乔丹（Neil Jordan'）执导的电影《水中仙》（Ondine）中扮演的锡拉丘兹（Syracuse）的角色，赢得了爱尔兰电影电视奖（Irish Film and Television Award）。他非常喜欢吃巧克力和芝士汉堡。他是一名父亲，同时也是一个儿子。

父亲和儿子

关于死亡，我了解这么多，也曾站在自己身旁，看着自己死去，

我们成为的那个人，活在父辈们的眼中……

我曾看着自己的皮肤脱落、羽毛凋零，

我边看边想，这从何时开始，

乘着涨潮，我们又从何而来……

一个人在何处会发现自己身处变化的悬崖，

是在父亲的臂弯中，在他让父亲换个姿势的柔声请求中，

他生来就一切如此，他降生之前就已到来，

我曾经一再思索，现在仍在思索，

然而却没有任何答案，完全没有。

也许笑容不在了，点缀成了泪水，

因此岁月流逝得更快，他们的脚步也加速了。

作为一个男人（和男孩），我应该继续尝试去找寻，

我父亲快乐、疑虑和痛苦的答案。

那些我仍记得的瞬间，有些是美好的，

其他的我仍经年难忘。

当人们在那扇通往"为人父"的门前，

面临挣扎，乞求道"够了"。

别再恐惧和受折磨，别再犹豫。

那些我们静静浪费的每个小时、每一天和每

个月。

当我们老了，时间就变得像水晶般珍贵，

我们珍惜地捧在胸前。

当我的儿子们降生，时钟再一次滴答作响，

那些疑虑和恐惧，显得那样苍白，

不会再有对"我"的令人厌倦的孤独的恐惧，

因为我儿子的啼哭，让我也忍不住眼泪。

现在，看着他们够东西、抓东西和掉东西，

看着他们一次又一次抬起身来，回答着自己

的呼唤。

不再担心过去时光只属于我自己，

我死去，但每个黎明又重生。

也许在光明中，我们能找到把我们连在一起

的东西，

而我们血缘中的阴影带着我们，

爬上一座新雕刻出来的山，

然后说"我就是我父亲，你是你。"

那又怎么样，我思忖道，这个循环

会像远古的歌声一样，带来我们心灵的呼唤，

我也有我当时被给予的爱，

也在我孩提时的笔下找到了时光。

他们在他们的世界里画出的颜色，

用他们展现出的善良让我着迷，

他们的梦想也是我的，我的恐惧随着我一起

死去，

我要死了，我祈祷死亡或许能够解放一切。

所以，谢谢你，父亲，儿子和我们心中共有

的鬼魂，

感谢在我们的日子里给我们最多的信任，

那双充满爱的手，屡试屡败屡试，

凭借着这份受到祝福的天赋，一心去爱，而

不问为何。

从他到我，现在又从我到你，

一切我们找到又再次寻找的，

就是这个谜的全部答案，

我们梦中的一切原因就是去爱。

Johnny Flynn
+ his father Eric Flynn

约翰尼·弗林和他的父亲埃里克·弗林

约翰尼·弗林

1983 年出生于南非，父母将他带往英国抚养以远离种族隔离。他赢得去比戴尔斯学习音乐的奖学金。他是一名演员以及"约翰尼·弗林和苏塞克斯·威特"民间摇滚乐队的音乐人。他曾在包括《吃莲人》（*Lotus Eaters*）等电影中出演角色，也曾在包括《耶路撒冷》（*Jerusalem*）等舞台剧中担当主角，同马克·赖伦斯演对手戏。

我的爸爸很不寻常，他是从另一个时代来的。在我认识他的岁月里，我觉得他在"凡间"的成就都被他抛在脑后，讲给我们听的都是传奇故事，他把之前人生里抽出来的故事、歌曲、人生哲理和奇闻异事源源不断地传授给我们，就像他把他的福音书也留给了我们。

我一遍又一遍地求他给我讲他在中国的童年故事，他在上海当战俘的早年回忆和有一次他在洗澡间偷看一位女士结果摔倒了，腿上划个大口子的故事……还有当美国人解放了战俘营，红十字会空降食物包裹，有些包裹砸中了战俘。这些人熬过了战争，却被巧克力棒和香蕉给砸死了。还有那次他拒绝出演007 的故事。还有他遇到我妈妈的那个夜晚和 7 天后他们在一座山上找黑鹰时决定结婚的故事。这些故事都是我们在香烟的缭绕烟雾中，看着他熠熠生辉的眼睛听来的。

坐在副驾驶位置跟他开车出门真的很享受，不管开的是哪辆满身伤痕的旧车：他曾有一辆欧宝曼塔，还有一辆从邻居手里买的福睿斯……在他的车里他就是王。这些车里有一种哈姆雷特雪茄烟、一些微弱的钓鱼用品和旧板球包的混合味道……播放的约翰尼·默瑟和大乐队的磁带盖住了颤抖的发动机声，这些

约翰尼·弗林和他的父亲埃里克·弗林。弗林私人供图

磁带是他用黑胶唱片翻录的，标签上还有他潦草的字迹。我总能在各种箱子里看见这些磁带，就像是用来纪念我父亲的标志。我曾跟父亲说，等我发达了，我要给他买一辆阿斯顿·马丁的 DB7——我们家当时从来没有过一辆车龄 15 年以下的车，也从没有过自己的房子。

我爸爸是一名歌手、演员和作曲家。我想他对音乐的痴迷太过强烈，因为我也随他进了这行当，还有我四个兄弟姐妹中的三个。我们都在尝试做他所做的——这就像是一条能让我们放松的安全毯。我常常发现自己正踩着父亲的大脚印前行，这令人害怕，我不明白自己是怎么到这个地步的……这其实很明显。我的儿子，在未曾认识自己的爷爷的时候，在他的第一个圣诞节时见到了他。当时，我们打开电视，里面正在播放父亲在一个舞厅里为"朗尼对对碰"节目跳片头舞。当我将儿子加布里埃尔介绍给他的时候，他以一种怪异的魅力炫耀了一番，这是父亲的典型举动。

他就是这样有点骄傲。但是当他的肺癌恶化，他内心开始发生变化。他坐火车时做了个梦，梦见充满恐怖的黑暗森林和一棵生命之树还有其他象征符号，他还把这个梦告诉了我。这不像他。除了几个幻想鬼故事，他从未和我谈论过精神上或者是超自然的事情。但从另一个意义上，我能看出来，他真正的本性正在流露。或者说，很明显，他的生命终有尽头，这一现实迫使他突然变得令人惊讶地坦诚。我记得在他生命的最后一周，我去看他并且最后一次听他讲某个故事。当我求他讲这个故事时他说道："我不确定这事是否真的发生过。"这个故事我已经听了几千遍——已经变成了我基因的一部分。

"是吗？爸爸，快给我讲讲吧！"我要求说。

他只是微笑了一下然后说："是不是真发生过不重要，对吧？"

终于，在我听他讲了十八年的故事，给我上了十八年课之后，他教给我非常重要的一件事。他去世的前夜，我和我的兄弟开车从伦敦赶往威尔士我父母的家中。有一句歌词是父亲写的，也是给我们都唱过的摇篮曲，我们俩记不起来了。我们想为了子孙后代，得从他嘴里问出来。但是当我们到家的时候，他已经快不行了。

他离去得十分安详，能够亲眼见到这一幕是我生命的特权。他的安详意味着我们虽然伤心，但很宽慰见到他如此无畏。如今，每当我抱着加布里埃尔坐在我膝盖上，给他唱歌时，我都能深切地感受到父亲离我不远，我还能听到从我口中发出的他的声音。

Richard Ford
+ his father Parker Carroll Ford

理查德·福特和他的父亲帕克·卡罗尔·福特

理查德·福特

1944 年生于密西西比州的杰克逊。他著有 11 部小说，包括"巴斯康三部曲（Bascombe trilogy）"、在法国荣获海外费米娜奖（Prix Femina Étranger）的《纽约时报》最佳畅销小说《加拿大》，和最近出版的《弗兰克事坦白说》（*Let Me Be Frank With You*），这是一个由弗兰克·巴斯康（Frank Bascombe）讲述的四个长篇故事的合集。他还经常给美国及海外的报纸供稿。他的小说已被翻译成超过 25 种语言。他的妻子名叫克里斯蒂娜·福特（Kristina Ford）。他现在住在缅因州的东布斯湾（East Boothbay, Maine）。

我的父亲很多事情都做不好。他的父亲自杀时他还是个婴儿。我总假定，很多事情都没有人教给他。有些孩子的父亲会教给他们所有重要的技能，比如木工活、钓鱼、体育活动和修补东西。然而他的父亲没有。我很爱我的父亲，但是记忆中有许多他不知怎么就搞砸了的事，而且无论如何也都算不上是什么繁重的事务。他很努力地工作，养家糊口，他关爱我的母亲和我。他为人温和羞涩、内敛，风趣幽默。我们一家就三口人，住在密西西比州。我们家所有坏了的东西都非常明显地摆在那里。

有一次，我告诉他我想成为一名拳击手。他就给我买了个沙袋——一个梨形沙袋（speed bag）。他用废木头搭了个沙袋架子，然后固定在我家车库的墙上。我在沙袋前像拳手一样站好，给了沙袋一拳头——没用多大力气——整个架子就垮在地板上了。还有一次，我说我想成为一名篮球运动员，想要参加高中的篮球队。他又是找了些木头——又大又沉的木板，并把它们钉成篮板，然后把一个金属篮筐用螺丝钉固定在篮板上。他还拼起来一根长长的柱子，立在后院，把篮板固定在上面。这个篮筐架看上去就不太妙，头重脚轻，风一吹就前后晃动。

我投出去的球总会无法预料地偏离篮筐。不仅如此,他把篮筐固定在九英尺高的位置上,而不是标准的十英尺高,他也没有告诉我——如果他能意识到这个问题的话——所以我练习投篮,瞄得都太低了。

那还是在 20 世纪 50 年代,我家住在郊区,家里自然会有一块草坪。自动割草机对大家来说还很新奇,但是我家有一台。然而,父亲总是在发动这台布里奇斯和斯特拉顿(Briggs & Stratton)牌割草机时碰钉子。要想发动这台割草机,使用者需要把一根绳子绕在机器顶部的一个金属圆柱体上,然后把绳子使劲向后一拽。割草机的引擎(按道理)就该"着了",然后开始轰隆作响,就像老式飞机的引擎那样。操作看起来简单,但快把他弄疯了。他一再地绕上绳子然后拽、绕上绳子然后拽,忙活一会儿还常常换我来。他体态肥硕,屡试不成,再加上情绪激动,让人看起来非常无助。甚至他自己也知道这一点。修剪草坪这件事——按他的计划,由我操作,由他监督——总是引起我们的争吵,或是惹出各种不愉快。

烤肉也是很新奇的。想到可以在一个锃亮的、像烤箱一样的铝制烧烤炉上翻转烤鸡,他就很兴奋。他打算在屋后的水泥露台上烧烤。可是,他并不是个很有耐心的人——对烧烤的耐心也不比对修剪草坪更多。在他看来,生火就浪费了太长时间。不仅如此,他认为木炭点燃后应该一直冒着火苗,而不是黑乎乎的木头块,浇上化学燃剂,渐渐地烧成白灰,慢慢放热(正如说明书里所写的)。他的解决办法是多在木炭上浇点燃剂,这使木炭蹿起一阵阵的火苗。因此,他过早地就把鸡烤上了——炭还没烧到火候。他还急着在鸡彻底烤熟之前就取下来了。我记得,他松弛的大脸上挂着紧张的微笑。最后,我们吃的鸡里面贴着骨头的地方还是粉红色的。母亲不无嘲讽地说,我们会因为吃没熟的鸡而生病。这让他很生气,我们后来再也没用过那个电机驱动的小型烤架。

他还带我去钓过鱼。我想他并不想带我去,但我想去(或是我说了我想去)。那周他出了趟差,周六我们有机会去钓鱼。他打听到有两个湖对公众开放——一个湖近,另一个在两个小时路程外。他小时候一定是钓过鱼的,但是我们家里却没有渔具,也没人知道怎么钓鱼。他从来没讲过有关钓鱼的故事。

他选择去碧湖(Bee Lake)——离得远的那个,为了能更有趣。这个湖也更出名,坐落在极为炎热、极多虫蛇、骄阳暴晒的密西西比河三角洲地带。在马蹄铁形的湖岸断崖边，荒草丛生。这里坐落着一排简陋而且不通风的小木屋。这里是一处旧河岸，亚祖河（Yazoo River）很久以前在这里改道。这里能租到金属船和长长的藤制钓竿和鱼钩，还能买到装在镂空盒子里的蟋蟀、装在纸杯里的湿泥和虫子作为鱼饵。

湖面十分平静，岸边还有许多树木的呼吸根（cypress-knee 柏科植物根部生长的结构，具体作用不详，可能为气生根的一种）。蜻蜓、大蚊子和叮人的马蝇围着我们嗡嗡地飞。我们本来可以租一条带马达的船，但是对于第一次钓鱼的人来说，这样做太夸张了。我们用桨划出去没多远，就到了湖面开阔处，这里十分炎热且毫无荫凉。我们在钓钩上挂上饵，猜测湖水深度，调整好浮标的位置。我父亲坐在船尾，我坐在船头。然后我们就开始钓啊钓啊钓啊——在炙热的空气和蚊虫的包围中。炎炎夏日，空气沉闷，湖面没有一丝风。我们吃了三明治，喝了可乐。到了中午，食物和饮料就都吃完喝完了。我们换了好几处位置，全然不知道哪里有鱼，只知道哪里没鱼。我们下钩，起钩，闷坐，发呆，汗流浃背。他抽烟，我犯困，僵坐不动。直到我们用尽了蟋蟀和虫子，也没有钓到一条鱼。我们俩都没有。直到当天晚些时候，最热的那个时候，我们才划回岸边，一句话也没说。我们租了一间小木屋过夜——那是一间散发着臭味的、箱子一样不透气的白色木头房子，只有一扇窗户和一台桌上电扇。也没有地方可以吃晚饭。"要不咱们回家吧。"他站在泥地里说，"我们的船在这儿搁浅了。"他脸上挂着像是觉得好笑的表情，但其实他并不觉得好笑。"好吧。"我说，"听起来很不错。"钓鱼之旅结束了。

我们还去钓过几次鱼——去别的湖，去海湾里深海钓鱼。我记得我们从未钓到过任何东西。他不擅长钓鱼，我也不擅长。我们在这一点上有共同之处。我们真是亲父子。

当我把这些都读给我的妻子后，她凝望着窗外对我说："读者期待从这个故事里读到感情。""我爱我父亲。"我带着一些防御心理回答道，"我写了我爱他。""喔，我知道。"她说，"你爱一个人不是因为他能做或者不能做什么事。""是的。"我说，"爱一个人是有其他原因的。"爱是一件很复杂的事。我不是第一个证实这一看法的人。有时只能在爱的对立情感存在时，才能感受到爱。但在这个故事里不是这样的。有一个词可以描述那个不易形容的其他原因：固执。

Gavin Friday
+ his father Robert 'Paschal' Hanvey
加文·弗莱迪和他的父亲罗伯特·"帕斯卡尔"·汉维

加文·弗莱迪

原名菲奥南·马丁·汉维，1959 年 10 月出生于都柏林。他是 Lypton Village 的发起者之一，这是一个 20 世纪 70 年代的秘密音乐社团，催生了 U2 乐队和 The Virgin Prunes。The Virgin Prunes (1978—1985) 被人们爱恨参半，现在被视为一个标志性的前卫后朋克运动的传奇。弗莱迪在 The Virgin Prunes 乐队之后的事业变得丰富多彩，1986 年他首次展览画作，还出演各种角色：2002 年他出演布莱希特和威尔作品的戏剧《我爱你》（Ich Liebe Dich），2005 年出演尼尔·乔丹的《冥王星上的早餐》（Breakfast on Pluto），2009 年出演皇家莎士比亚公司的《无与伦比的太阳》（Nothing Like the Sun）。弗莱迪在过去的三十年发布了四张单人专辑，是世界电影音乐界的一位多产作曲家，他也因此而获得过三次金球奖提名。

我父亲是 2006 年 7 月去世的，我仍然想念他，非常想念。我如此想念他最可能的原因是我从未真正了解过父亲。我们那代人是可悲的，在我们那时，很少有哪对父子关系是亲密的、得到充分表达的、双方都感到愉悦的。在那时的爱尔兰，一对父子彼此不说话、不真正了解对方是很典型的。我和他亲密吗？实话实说，不亲密。我爱他——也深深渴望得到他的爱，但是我并不真正了解他。公平地说，在他的晚年，我们之间有一种可以被称作是情感上的休战，发展出一种无声的非语言交流。有时只是一个眼神，或说话的声调。但最频繁发生的是，父亲会以"万能修理工老爸"的形象突然出现——经常没有提前打招呼就来到我家"修理"堵塞的水槽，事实上水槽根本没有堵。在生命的最后几年，他发明了无数"家务事"，这些事情也只有他能完成，而我是"纸上谈兵，无可救药，连杯茶都沏不好，更不用说给电热壶配上插头了"。我很幸运，能在他去世前的最后几周里，和他度过了一段非常宝贵的时光。他躺在马特尔医院急诊室的手推车上，我们一聊就是几个小时。他四十年来第一次握着我的手，他告诉我他是多么爱我和尊重我。我们彼此和解了。

"老父亲，老工匠，无论是现在还是将来，永远给我帮助吧！"
詹姆斯·乔伊斯（James Joyce）

加文·弗莱迪的艺术作品

Bob Geldof
+ his father Bob Geldof Snr

鲍勃·戈尔多夫和他的父亲老鲍勃·戈尔多夫

鲍勃·戈尔多夫

鲍勃·戈尔多夫什么都干过，
这时候忙活点这些事，那时候
忙活点那些事，然后又做些别
的事。其间，他有时候有些运
气，但常常没运气，完全没有
运气。所以在最后（正如你所
料）或多或少还是和大家都一
样。就是这么回事。——《B·戈
尔多夫的最近一版正式传记》
（*The Most Recent Official
Biography of B. Geldof*），
2014 年出版。

我父亲有两条内裤，是那种非常宽松的三角裤，其中一条
的松紧带还没了。他会一丝不苟地把内裤提到裤腰上方并把腰
带绕在尼龙衬衫、已经在水槽里洗过太多次以至于松松垮垮的
马甲以及缺乏弹性的裤子上缘。

他不仅看上去不显得很倒霉，实际上也不倒霉。只是作为
一个男人，他在 20 世纪 60 年代初期既没有女人也没有金钱。
他每周一早上离开，周五晚上回来。我们共用一间卧室，这很
尴尬。但我认为他很喜欢。这提供给他一个与整整一个星期没
见面的儿子亲近的假象，他也不怎么了解我，除了我努力成为
模范小孩，但却无望成功。直到我决定不想这样了，随后情况
变得更加困难。

他常常在星期一早上打包，把尼龙衬衫挂在某个乡村床头
和床边早餐椅上，可以在一夜之间晾干。但在有尼龙衬衫之前，
他只有一件衬衫和三个假领子。我从他那里学会了如何打包行
李。他教给我这项技能，使我成为一个打包专家。在瑞安航空
（Ryanair）时代，这可是令人羡慕的技能。

破旧的蓝色纸板箱子里装了衬衫、有弹性的内裤、两双袜
子和相同材料的备用补丁以备脚跟和脚趾处的破洞，还有三方

压平的手帕、一条备用领带、一件休闲时穿的无袖套衫或羊毛开衫、一双磨损了的浅褐色图案的海绵底拖鞋。洗漱用品有剃须装置——刀片、剃须刀、刷子、一块剃须皂、一瓶老香料须后水、一罐摩根氏润发油、两把发刷（一把用来把头发刷得低平，另一把用来做能够撑上一天的造型），还有一个仿玳瑁壳的棕色塑料梳子，用来梳出最后的、光滑的、一丝不乱的时髦发型。

他出门时穿西服、皮鞋，打"日常"领带。他的皮鞋是黑色的，锃亮，鞋跟磨损较多的一侧钉着钢制的鞋掌，走起来噼啪作响。冬天，他会在夹克里面穿一件灰色或者棕色的羊毛衫，外面披上大衣。

所有这些都一直没变过。

他沿着全国的道路四处推销，那时候那些路还没有成为真正的路。他推销毛巾、毛毯，有一次也推销凤凰牌陶器给一位我认为相当不感兴趣的买主。在我脑海中，他很可能很孤独，但是现实中我想他热爱这种生活。他和其他那些满嘴"先生您好"的人们共度夜晚，那是一群自封的"马路骑士"。哦，那群人里还有一些他无法忍受的人，但总体上来说，也有一些同志情谊。

他有他的固定路线。基尔肯尼（Kilkenny）——基尔拉什（Kilrush）——基拉卢（Killaloe）——基拉基（Killakee）。我不知道这是不是他的线路，但在我脑海中听起来是对的。当时，我靠死记硬背记下这些地名，这些地名听起来就像是航行预告和远方的魔咒："费尔岛（Fairisle）、亨伯河（Humber）、灯塔岛（Fastnet）和德意志湾……"德意志"剜"！这个名字很有趣！

他住在含早餐的旅馆里，因为资金极为紧张，为了降低开支，他和那些几乎不认识的旅行者们拼房度过那些寂寞的夜晚。他说过去散步的事情，但从未说过去酒吧，但是他肯定去过。他了解他的食物，他曾经是一名厨师。他从未抱怨过在那些难熬的日子里吃过的东西。也没抱怨过在那些深夜无处觅食，只能有什么吃什么的小镇上，独自一人咽下的饭菜。而且总是别人给他上什么就吃什么。在基拉基没有美食酒吧也没有像样的餐馆，假如世界上真有基拉基这个地方的话。

他从未给家里打过电话。那时候没有电话。有时——在如今这个电子邮件时代，想到这一点我都觉得很奇怪——他会给我们写信。我推测我们第二天就会收到，因为他很快就会回家，所以写信也变得没有意义。信从来都不长，内容是劝诫我们听话，乖乖写作业，还有基拉基的天气怎么样，等等。

他渐渐了解了他所有的顾客和他们的家庭。他们反过来也期待着他的到来，我猜他们从他手里订购商品也只是为了让他有份工作。最终，他成为了他们的商店。在他去世后，许多人来参加他的葬礼，那些没能赶来的写了悼念信或是送来了花。许多人都是他的老主顾的孩子或是孙子。

我母亲去世后他很孤独。他身边是否有女朋友我不知道，但是他肯定有过。他曾是个英俊的男人，尽管穿三角裤，但仍然时尚帅气、风度翩翩得无可救药。他很招女人喜欢。

我知道，每周一离开三个孩子，他会觉得很愧疚。我感到长出一口气，又感到不能呼吸了。他觉得愧疚但是我相信他也一定像我一样，觉得解脱。家里的气氛有时会很压抑。我的姐妹们试着取悦他和爱他，为他感到难过，渴望并争夺他的关注，然后还有我，一个离经叛道、肆意妄为而且一副漠不关心的表情的男孩。自由。出门去！

但是这种感受多么可怕。不能陪着他的那些"没妈的可怜孩子们"是多么可怕啊。你可以感受到这种愧疚感是一种美味的奢侈享受（当然了，他能怎么办？他为了挣口饭吃必须出门在外，但尽管如此……），当你感受到那辆希尔曼（Hillman）汽车开上了山顶，他蓝色的行李箱在后座上欢快地颠来颠去。

后来我了解了他，并因为他是个出色的人而爱戴他。但在当时，我是多么抵触他要回家的那些周五的晚上啊。我这么想也是情不自禁。也许他也是。我们俩都得值上 48 小时的班，假装成我们恰恰不是也永远不可能是的那种人。也许他知道，那虽然是他的房了，但那是我们的家而不是他的家。他不住在那里。家里和他刚刚腾空的含早餐旅店的房间没多大区别，只是你对邻床的人的了解稍微多了一些。他不得不假装我们是一个家庭，没什么不自然的。但事实上很不自然。

Sam Dyson
+ his father James Dyson

山姆·戴森和他的父亲詹姆斯·戴森

山姆·戴森

山姆·戴森是詹姆斯·戴森
爵士最年幼的儿子，出生于
1978 年。他是作曲家和化学
家乐队（The Chemists）的
主吉他手。他还成立了自己的
唱片公司——蒸馏器唱片公司
（Distiller Records）。

我父亲的父亲去世时，他才九岁。我常常想象，没有了榜样，或是作为父亲的人物来无条件地关爱他，对他来说是一种什么样的生活。我确信，没有父亲这件事对于我父亲形成他如今的人格有重大影响。他现在意志坚如钢铁，总是带着"你只有靠自己"或是"没人会帮你"的信念。他的生活态度是如果你想让什么事情发生，你，也只有你自己能去让它实现。

我父亲写过他长大成人的过程中，因没有父亲的陪伴而感到的孤独和失去亲人的痛苦情绪。我非常幸运，能够有一个相当不一样的成长经历。我成长在一个极为有爱心的家庭里，而且我知道，我的父母都认为，让我、我的哥哥杰克（Jake）和我的姐姐艾米丽（Emily），在一个有安全感的家庭环境里长大是一件非常重要的事情。

在我出生前后，我父亲有了发明真空吸尘器的想法。他开始在我家的地下室里开发吸尘器。我当时还太小，但是杰克记得爸爸一连几天消失在地下室里，还偶尔在失望中把原型机打个稀巴烂。对于他来说，那一定是一段艰难的时光。他要养活一个年轻的家庭，煞费苦心地搞他知道不一定能实现的发明，竭尽全力地让机器运转起来，全靠他自己一个人。除了他的家庭，他得不到任何帮助。他对于自己所做的事情有着让人难以置信的强大信心和坚持下去的坚定信念。那时候，制造一台原型机或者光是制造一个原件就能花上几周时间，要是运转不起来，还得从头再来。

我生命的前五年正好也是父亲开发吸尘器原型机的阶段，记得我六岁左右时，他终于开发出第一款气旋真空吸尘器，粉色的，有个透明的垃圾盒。那款机器看上去很美，和市面上其他的东西都不一样。父亲设法上了英国广播公司（BBC）的电视节目《未来世界》，那真是激动人心的一刻。

他过去常常带着宗教般的虔诚观看这个节目，里面都是在讲创新和最新要走向市场的技术。看见父亲上了电视，那真是无比激动人心的时刻，那也是我第一次意识到，他在做一件开天辟地的事情。取得了这次突破之后，父亲总是不在家，他去向各种公司申领新产品的证件。我们非常想他。那段时间对于母亲来说一定很不容易，她要一个人照顾三个孩子，而且还得对我爸保持着高度信心。

这时候，父亲已经把他的工作室和业务都搬到了我家房子旁边的谷仓里。这太棒了，因为他会一直在我们身边了，我也能够在第一现场看到东西是怎么被开发和制造出来的。工作室里有车床、磨铣机、各种金属和塑料。因为能够做东西了，我常常感到很激动。我爸总是很支持我，还常常会帮我，在工作室里，我感到什么创造都是可能的。

我喜欢在学校里做设计和艺术，离开学校后我还在戴森公司做了三年的工程师。那时候，我见识到了我此前从未见过的父亲的另一面。我记得许多次我们的团队试着解决困难的设计问题。那时，每周我们都会和父亲进行一次设计回顾，所以我们总是试着在开会前把问题解决掉。当时，七八位工程师会聚集在他的办公室里，提供各种可能的解决方案。我记得许多次父亲看着我们的设计，思考一两分钟后说："你们想过这样做吗？"然后他会拿起铅笔，画出一套总是更高明的、从未有人想到过的解决办法，让一群工程师哑口无言。他的思路能像这样从完全不同的水平展开，这总是让我很着迷，还会让我对他的设计和工程能力产生一种强烈的敬佩感。

我成年以后，发现我们之间的关系更加难以维持，也更加复杂。爸爸已经成功得令人难以置信，我相信很大程度上这是由于他在年轻的时候就失去了父亲，一直不得不自己顽强奋斗。经营戴森公司、总要领先于竞争者，这是一场持久战，他到现在已经不屈不挠地打了三十五年。他不得不对付一些庞大的、咄咄逼人的公司，这些公司不停地试图剽窃他的创意，和他打官司，并最终把他赶出这场竞赛。也有一些不公正现象，迫使他凭借着钢铁般顽强的决心斗争下去，直到每一次迎来痛苦的最后时刻，直到他（通常）获得胜利。

我们现在都有了各自的家庭，我父亲有了六个孙子。他和孙辈们在一起时非常爱开玩笑，也充满爱心，但是我想他可能在和我的哥哥、姐姐和我之间更难在情绪上敞开心扉。有时，我希望我也能在内心经历父亲经历过的斗争。尽管我确实有永不放弃的坚定底线，也在学到更多关于经商和人员管理的同时，变得越来越果断和决绝，但我还是一个更柔和的人，也更加易于宽容别人。我现在经营一个唱片品牌和发行公司，也经常和我的乐队四处旅行，这一切都要归功于我的父母。

作为一家人，我们继续以"戴森家的方式"，依靠父亲点滴灌输给我们的核心原则、家风以及他的工作能力发展着业务。这是一个令人望之生畏的挑战，也同样带给我们巨大的骄傲感。我们真的有他的本事吗？我不知道有一天父亲是否会放手，但我想，我们准备要一试身手，他会对此感到被关爱和满意。朝着一个共同目标并肩工作，真的是一件很美好的事情。

有这样一位父亲，过去和今后都在给我激励和支持，我感到如此幸运。我期待我们的关系越来越好。

我现在确实也在激励我自己的孩子，一遍遍告诉他们，只要你绝对相信自己，努力去实现你的目标，生活中没有什么是不可能的。他们的爷爷就是个不可思议的好榜样。

Neil Jordan
+ his father Michael Jordan

尼尔·乔丹和他的父亲迈克尔·乔丹

尼尔·乔丹

Neil Jordan 于 1950 年出生在爱尔兰的斯莱戈（ Sligo ）。他是一位作家兼电影导演。他在 1976 年以短篇小说集《突尼斯之夜》（ Night in Tunisia ）赢得了《卫报》小说奖（ The Guardian Fiction Prize ），并由此开始他的写作生涯。从此他出版了五部小说，撰写并执导了二十多部影片，并在 1993 年以《哭泣游戏》（ The Crying Game ）获得奥斯卡最佳原创剧本奖（ Academy Award for Best Original Screenplay ）。他是电视剧《波吉亚家族》（ The Borgias ）的幕后促成者与主创人员。他已婚并育有五个孩子。

我写过很多次关于我父亲的事，但总是对他进行伪装。第一次伪装是在一个短篇故事《突尼斯之夜》（*Night in Tunisia*）中，他化身一名乐队的萨克斯手，想把自己的音乐品味传给儿子。当然，他的儿子并不接受。另一次伪装是在《从前》（*The Pas*）这部小说中，他又成了摄影师。我记得这个人物的儿子不知道自己的亲生父亲就是他。还有在另一部小说中的另一次伪装，小说名为《日出伴海怪》（*Sunrise with Seamonster*），他成为一个独断专行的人，困在轮椅上，还娶了他儿子爱上的钢琴老师。

唐纳·麦坎（Donal McCann）在一部电影短片《奇迹》（*The Miracle*）中饰演了我父亲的一个片段，帕特里克·麦凯比（Patrick McCabe）在我根据他的小说《冥王星上的早餐》（*Breakfast on Pluto*）改编的电影中，也饰演了某个版本的我的父亲。非常奇怪的是，帕特里克塑造的形象是最接近他的（我父亲作为讲师曾在圣帕特里克的培训学院里教过帕特……）。

我们所写的场景与我的父亲没有什么关系，但其中有一位愤怒的老师，他要对付一个具有超凡的想象力且非常女性化的男孩。帕特只是作为一名客串演员，却花了很久时间准备服装。我正好奇是怎么回事的时候，他终于出来了，穿着带皮质肘部补丁的开襟毛衣，头微微偏向一侧，胳膊下夹着一摞习字簿，径直走进一间满是难以管教的孩子们的教室，孩子们立刻守起了规矩。

看着这个我所认识但没有真正观察过的人的绝妙化身，我用拍摄纪录片的手法拍摄了这个场景。所以，如果有人想知道我父亲是什么样的，就应该看看那部电影中的那个场景。或者看看我妹妹在她十几岁时画的这幅肖像。那时他已变得很温柔，而且我想她应该是他最喜欢的孩子。我能看出这张铅笔肖像中的深情。我也可以看到细节描画的准确性，这种准确只有满怀感情才能做到，这使我认为画里的人和我父亲就是同一个人。

（左图）睡着的爸爸 戴维尔·乔丹作
乔丹私人供图

Bobby Shriver
+ his father Sargent Shriver

博比·施莱弗和他的父亲萨金特·施莱弗

博比·施莱弗

Robert Sargent Shriver III 1954 年出生于芝加哥，是萨金特·施莱弗（Sargent Shrive）和尤尼斯·肯尼迪·施莱弗（Eunice Kennedy Shriver）五个孩子中的长子。他是社会活动家、律师、记者和政客，生活在加利福尼亚的圣莫尼卡（Santa Monica）。他长期以来与特奥会（世界特殊奥林匹克运动会）联系在一起，特奥会由他的母亲在 1968 年成立。他还是电影制片人，作品包括《真实的谎言》等。2002 年他与 U2 乐队的波诺共同创立了 DATA（债务、艾滋病、非洲贸易的缩写，现在名为 ONE.org）。后来两人又共同创立了产品（红色）［Product (Red)］，一个为环球基金会（Global Fund）筹款的品牌授权公司，该公司已筹集了数百万资金。他与梅丽莎·费鲁奇（Malissa Feruzzi）结婚，有两个女儿。

1969 年，我因吸食大麻被捕。罗伯特·肯尼迪于 1968 年 6 月被谋杀，爱德华·肯尼迪很可能成为 1972 年的民主党总统候选人，但他的外甥因"吸毒"被捕，这是一个全国性事件，影响很不好。

一家老小都感到不安（如果这不是一本关于家庭的书，我可能就要用另一个词了）。在我们海恩尼斯港（Hyannisport）的家庭氛围就反映了这种情感。数百名记者和警察在门外徘徊，心急如焚的家人注视着理发师给我和表哥博比·肯尼迪剪头发。

我的父亲走进来。他人在法国却已得知了这个消息。他立即来到科德角（Cape Cod）。我不知道会发生什么。他进了我的房间，关上门。"你是个乖孩子，"他说，"这是一堆很扯淡的事。但我会处理好它，并带你去加利福尼亚。别担心。"

我一个字也没说。

他做到了。两天以后，法官将我们释放同父母的监护中。我们去了加利福尼亚。抚养孩子意味着要付出这么多，无疑还要更多。要知道何时你脆弱的儿子需要看到、感觉到男子汉气概。在我的生命中与父亲在一起的许多其他时刻，我也感受到了其他形式的男子汉气概（一场残酷的网球或足球比赛），但这次通过极端的强韧闪耀出男子汉气概中所有的智慧和仁慈。

114

博比·施莱弗和他的父亲萨金特·施莱弗
施莱弗私人供图

Colum McCann
+ his father Sean McCann

科伦·麦卡恩和他的父亲肖恩·麦卡恩

科伦·麦卡恩

1965 年出生于都柏林，著有六部小说和两个故事集。他获得了多个国际文学奖项，包括 2009 届美国国家图书奖（National Book Award）和 2010 年 IMPAC 国际都柏林文学奖（Dublin Impac Prize）。他的作品已经被翻译成超过三十五种语言出版。2005 年，他的短片《该国须知》（Everything in this Country Must）曾被奥斯卡提名。他现在住在纽约，在亨特学院（Hunter College）教书。

我的父亲曾经是，或者说现在也是一位玫瑰栽培师。几十年来，他一直在我们位于都柏林郊区克隆奇恩路（Clonkeen Road）的房子后花园里栽种培育玫瑰。他在一个小温室里花了很多时间，细心照料土壤和种苗，修枝剪叶。对他来说，这是一个快乐的实验室。冬天，他把煤油加热器拖到温室里。夏天，他把玻璃面板打开，让微风吹进来。

他每天走在草坪上，戴着他的平顶帽和手套，穿着《园艺新闻》（Garden News）的夹克，全神贯注。夹克被刺挂住扯坏了，内衬露了出来。

有时在我看来，他就像第一个吹口哨的人。

我们的小花园里有七百株玫瑰，微型玫瑰、混合茶、丰花玫瑰、登山玫瑰等。父亲会和他的月季交谈——是真的和它们说话。他坚持认为，听他说话了的那些会生长得更好，能够颜色鲜艳，枝叶茂盛，生命力强。如果它们确实长得不错，父亲会给它们取名字。在这个世界上很多事情拒绝命名，除了我父亲的玫瑰：莎莉·麦克（Sally Mac 以我母亲的名字命名）、布鲁姆斯黛［Bloomsday，纪念詹姆斯·乔伊斯（James Joyce）］、伊莎贝拉（Isabella，我女儿）、洛蕾塔［Loretta，纪念洛蕾塔·布伦南·格鲁克斯曼（Loretta Brennan Glucksman）]、亲吻与诉说（Kiss 'n' Tell，为了生命本身），以及明亮（Brightness，这是我写的一部小说）。

在夏季，花园里姹紫嫣红。在冬天，他把花园里的玫瑰修剪一番，让花园变得整洁、萧索。

我一直很钦佩我的父亲，但我不喜欢鼓捣玫瑰。我从没混过盆栽土壤，从未学会如何培育种子。偶尔我驾驶剪草机，但仅限于此。

每年有两次，当地农场给我们运来大堆粪便为土地施肥。有一次我用干草叉时发现了一头很小的小牛犊。世界的轮廓是混乱的：甚至整个花园都被死亡带回了生机。

我父亲在他的花园里很自在。这项工作符合美的要求。世界其他部分——他在一家全国性报纸的工作，养活一个大家庭的压力——似乎消失了，而且当我透过厨房窗户向外寻找他时，我常常看不见他。他很有可能是弯下腰去料理他的幼苗，或把新割下的草倒在篱笆的底部，或在后棚准备蚜虫喷雾——一个简单的爱好有这么多任务——但后来我惊讶地意识到，他真的已经成为景观的一部分。人在景中，人即风景。

曾经有一次，在（20世纪）70年代初，有人敲门，我姐去开，门口有人要找父亲。她说他很忙。那人一再坚持。他是来要账的，或要求某种形式的报酬。"你父亲在哪里？"他又问。我姐姐在轻轻地关上门之前，还是说他很忙。但男子用脚卡住门问道："在哪儿忙呢？"我姐姐回答说，他在后花园里"扮演上帝"呢。

虽然父亲在他八十多岁的时候不能再打理花园了，但却仍然犀利机敏。大部分的玫瑰都不见了，被刨了出来，由草坪和庭院砖取代，但仍有少数灌木在周围，在花盆里，在后面的花圃里，他喜欢不时坐着他的轮椅到后花园，徜徉其中，享受它们的存在。

仍然可以看到他在与它们交谈，但我不知道他靠过去说了些什么。坦白地说，我也不想知道。有时我想，我们必须允许在我们父亲的周围有些小秘密。

John Julius Norwich
+ his father Duff Cooper

约翰·朱里厄斯·诺威奇和他的父亲达夫·库珀

约翰·朱里厄斯·诺威奇

John Julius Norwich 出生于 1929 年。曾就读于多伦多的上加拿大学院（Upper Canada College）、伊顿公学（Eton）、斯特拉斯堡大学（University of Strasbourg）和牛津大学。他在外交部工作了十二年，后来辞职成为一名作家。他撰写了诺尔曼·西西里（Norman Sicily）、威尼斯、拜占庭帝国、地中海以及教皇的历史，阿索斯山（Mount Athos）和撒哈拉沙漠（Sahara）的旅游书，还有其他一些关于音乐和建筑的著作。他还为英国广播公司电视制作了三十部历史纪录片，并定期在电台节目《我的话》（My Word）和《全英测验》（Round Britain Quiz）中播出。他的业余爱好是弹奏夜店钢琴。

当我的父亲于 1954 年的元旦，在大西洋中部地区去世时，他 63 岁，我 24 岁。两年前，我已经结婚了，并进入外交部。但我曾是一个相当后知后觉的人，尽管我和父亲的感情非常好，但我从未觉得他认为我是个有趣的人。如果他能活到跟我现在一样的岁数，也就是 84 岁，我就会早点发现我对历史的迷恋，也能早些克服我们之间一直存在的那种羞涩。我希望，他会喜欢我的书——他也一定会因为他的儿子是一名作家，而不是一名外交官而更加高兴——我也能够从他的帮助和建议中受益匪浅。

但事实是，他不可避免地倾向于让母亲教育我。一方面，她有更多的闲暇，他一开始是一名认真负责的议员，后来进入内阁担任部长，既没有时间，很有可能也不喜欢幼儿时的我陪伴；另一方面，我的母亲认为照看我无异于她的一份全职工作，在我三岁时她开始教我读书认字、数学和地理，带我去博物馆、动物园和看莎士比亚戏剧，或有时只是带我开车跟着消防车。我父亲跟她简直没法比。但在那些还没有电视机的晚上和周末，他喜欢大声读书给我们听——19 世纪或 20 世纪早期的英语或法语小说，就没有他没读过或忘记的，我早就知道，家庭生活对他很重要。

然而，这并不意味着婚姻的忠诚。几乎整个成年生活中，他从来没有缺过情妇——有时三四个。他对这件事毫不隐瞒，尤其是对我的母亲，只有当她认为那个女人不配他时，她才会介意。通常情况下，她们往往成为亲密的朋友。其中有一位，父亲在巴黎大使馆任职期间，法国诗人路易丝·德·维耳莫林（Louise de Vilmorin）在那里住了数个星期；我记得，她、我的母亲还有那时16岁的我，曾在比利牛斯山（Pyrenees）游玩一周，而我父亲一直在办公室。他死后，维耳莫林和另一位他很喜欢的情人之一的——苏珊·玛丽·奥尔索普，不管什么时候来伦敦都要陪陪我妈妈。奥尔索普竟然还给我生了个同父异母的兄弟。多年后，我问她是否真的不介意。"一点儿也不，"她说，"如果她们会让他高兴，我为什么要介意呢？另外，我一直都知道：她们是花，我是树。"这是真的，一次又一次他在日记中写这些或者那些女人，"当然她不能与戴安娜相提并论"或者"如果要我在她和戴安娜之间选择的话，就像让我在夜晚和白昼中选择一样"。为什么我十几岁的时候要想这些？我记得，我假设——如果我真的认为所有这些关系是完全无害的。我当然不会感到惊讶或震惊，但是，正如我所说，我是一个后知后觉的人。

当然，我对父亲的那种强烈的敬爱之情依然不受影响。这不仅是因为他具有超凡的幽默感，他本人非常有趣，我爱他对书籍的热情，最重要的是诗歌：他可以背诵几个小时，并且他自己也是出色的诗人（他的一个特技就是口头创作一首十四行诗，边踱步边创作）。我总是深深地以他为傲——尤其是他的勇气，不论是身体上还是精神上的。我会向我学校的朋友们夸耀道，在1918年8月，父亲单枪匹马端掉了一个德国机枪巢还带回了十八个俘虏，以此赢得了勋章；我记得二十年后，他是如何成为内维尔·张伯伦（Neville Chamberlain）的内阁中唯一反对与希特勒签订《慕尼黑协议》的大臣——他当时任第一海军大臣，这是他至今最喜欢的工作。

我认为他是我所认识的人中最快乐的人。音乐是个例外——他是个乐盲，直到其他人起立了，他才能确定正在演奏国歌——他爱所有的生活乐趣并且享受它们的全部；我怀疑没有任何事——甚至女人——能够比和他的朋友一起围坐在摆满了食品和饮料的桌前给他带来更多的快乐。而最终，这一点导致了他的健康问题。到当大使时，他的肝脏已经严重受损；他所需要的最后一件事是养生，就是每天两顿美味的法国餐，当时的午餐以及晚餐往往以两杯粉碎干马天尼开始。但他绝不是酒鬼。我唯一一次见到他喝醉，是他从同苏联大使的"私人晚餐"回来的时候。十五杯酒后他就记不清有多少次敬酒了。他被限制卧床休息一周，之后再也没有碰过伏特加。

他再也没有恢复健康。在他生命的最后三四年里，他吃得很少，喝的饮料最烈也不过红姜啤。而现在，我感到相当肯定，他表现出最大的勇气：明知将死于肝硬化，也从不跟我的母亲和我泄露真相。他唯一的暗示是在他死前几个月就完成了的自传《人老爱忘事》（*Old Men Forget*）的最后一句话。"秋天一直是我最喜欢的季节，"他写道，"晚上是我一天中最愉快的时候。我爱阳光，但我不能害怕黑暗的来临。"

Adam Clayton
+ his father Brian Clayton
亚当·克雷顿和他的父亲布莱恩·克雷顿

亚当·克雷顿

1960 年出生在英国牛津。他的父亲是皇家空军飞行员，后来在民航工作。1965 年全家搬到爱尔兰，在那里的圣殿山综合学校（Mount Temple Comprehensive School），他认识了波诺（Bono）、The Edge 乐队和小拉瑞·马伦（Larry Mullen Junior），他们在 1976 年一起创立了 U2 乐队。作为一个非常成功的团体的一员，克雷顿已经赢得了二十二项格莱美奖。他的妻子是玛丽安娜·特谢拉·德卡瓦略。

当我回想起我的父亲和我之间的互动时，有极少数的时刻会被我认为：那是事情发展的关键。我的父亲是一个务实的人，他不会自然而然地受音乐或艺术的影响，我认为，他觉得自己在倾听我母亲的话时才会表现出他温柔的那一面。

1974 年我说服妈妈给我买一把便宜的贝司，她的条件是我必须先得学会——1976 年时我还没有精通贝司的弹法，但我已经意识到我需要一个更好的乐器来学习，我的父亲是这个计划的关键。

他经常飞往纽约，第 48 号街的曼尼店里的二手乐器会便宜很多。这是互联网出现很久以前的时候，我父亲需要徒步走进纽约一个不太友好的地区里的音乐商店，这里遍地是潮人和嬉皮士，他们尽力制造噪声来吸引注意力。我之前曾告诉他，一个二手贝司在美国需要花 125 美元，价格是家乡这边的一半，我可以把我的旧贝司卖到 60 英镑，这样我就可以离新的投资更近一步。他同意了，我把钱给了他，并告知了他这个梦寐以求的词"芬达精度贝斯"（Fender Precision bass），然后等待着。

这一天终于到来了，他带着贝司从纽约回来了。这是一款日落色的琴，闻起来、摸起来和我弹过的任何一把都不同。我觉得自己像个披头士乐队、滚石乐队、扼杀者乐队、碰撞乐队的人了。在我第一次碰某件乐器的时候，我还是经常会有这种同样的感受——总会回想起我第一次打开这个来自纽约的盒子的时刻。

我不知道我的父亲是否也会有类似的回忆，但我经常想他进入那个音乐商店时是什么样的，在只了解一点信息的情况下如何与售货员沟通，并希望被公平对待和尊重。我不知道他是怎么把它带回都柏林的，如何向同事解释，这是一把给他的儿子亚当的电贝司，儿子"都不会弹它呢"。

Jeff Koons
+ his father Henry Koons

杰夫·昆斯和他的父亲亨利·昆斯

杰夫·昆斯

生于 1955 年。作为一个国际公认的艺术家，他因公共雕塑而著名，例如大型花卉雕塑"小狗（Puppy）"。他的作品结合日常生活的对象，同时参照艺术史，围绕自我接受、超越性和乐观主义的主题。昆斯通常成系列地推出作品，他的艺术反映了当代消费文化，运用真实感和商业美学，从对上一代的波普艺术家的熟知中产生了自己独特的并被普遍认可的风格。他的作品是主流私人收藏和公共展览的一部分，已在世界各地被广泛展出，如在惠特尼美国艺术博物馆（Whitney Museum of American Art）、在纽约现代艺术博物馆（The Museum of Modern Art）和伦敦泰特美术馆（The Tate Gallery）。昆斯现在在纽约生活和工作。

我父亲是个了不起的人。我从未见过任何认识我父亲的人说他不是他们见过的最好的人。我的父亲非常乐于助人，慷慨且乐观，他总是能够看到事情好的那一面，从来没有发过火。我记得，当我们去钓鱼，我的鱼饵需要更换或鱼线需要解开时，爸爸是多么地冷静和耐心。他总是那么细心，从未被难倒过。他在生活的方方面面都是这样的。

就我投身于艺术而言，父亲总是非常支持我。我从父亲那里学会了美学，还学到了：你能想到的，你就能创造出来。我过去常常观察我的父亲作为一位室内设计师的工作。他常常从拿出一张图纸开始，先画一张房间全局图，然后画一张正面图。一切都事先计划好了，所以不会有任何遗漏，你可以精确地知道最终设计会是什么样的。所以我父亲展示给我如何锻炼自己的想象力。他教给我颜色和纹理如何影响人的感觉。我从他那里学到了感情和感觉是如何通过美学传达的。

我父亲总是为我们的家庭创造机会让我们体会社交来往。他确保我们能够做些有趣的事。我们度过了很多愉快的假期，有丰富的经历让我们觉得自己参与到世界中去。他确保我们的生活可以尽可能丰富和充满乐趣。我们作为一家人一起经历了美好的事情。

迈克尔·杰克逊和泡泡（他的宠物猩猩），杰夫·昆斯制
前面为亨利和杰夫·昆斯
昆斯私人供图

　　一些最珍贵的和父亲在一起的回忆包括我学游泳、和他一起在大海里、和他一起去钓鱼，以及周末在他的家具店里和他在一起工作。我真的很享受他在我身边。我非常感谢他的爱和他为我带来的人生起步。

　　1994 年父亲离开了我们。我每天都很想念他。

Perry Ogden
+ his father John Ogden

派瑞·奥格登与他的父亲约翰·奥格登

派瑞·奥格登

1961 年出生于英格兰什罗普郡，他在伦敦长大，现在住在都柏林。他的照片被刊载在众多杂志上，包括意大利版《Vogue》《W》《纽约客》《脸和舞台》（ The Face and Arena ），他于 1999 年由乔纳森·凯普公司（ Jonathan Cape/Aperture ）出版《小马与小孩》（ Pony Kids ）摄影集。不仅如此，他的个人作品还包括为拉尔夫·劳伦（ Ralph Lauren ）、蔻依（ Chloe ）和卡尔文·克莱恩（ Calvin Klein ）等品牌拍摄的广告。他的第一部电影《旅行者女孩》（ The Traveller Girl ）（ 2005 ）赢得了无数奖项。他近期的展览有 2010 年的"灵感"（ Inspiration ）在都柏林的塞巴斯蒂安吉尼斯画廊和 2011 年在爱尔兰现代艺术博物馆的"二十"（ Twenty ）。

"方正上校（Major Square）"——以前，当父亲不让哥哥和我做我们想做的事时，我们就这样称呼他。"爸爸，我们可以去看电影吗？爸爸我能有钱买一双马丁靴（ Dr Martens ）吗？爸爸你能给我们买一匹小马吗？""不行，不行，还是不行。"父亲过去常常这样回答。"方正上校！方正上校！"我们会异口同声地喊道。

我父亲曾经辍学去参军。他心中的英雄是军人，效忠帝国的军人。他很快就升到了少校，毫无疑问他决心在军队中度过一生，但我的母亲，一名记者，很快厌倦了军旅生活，想回去工作。我父亲进入了广告界，他在伯克利广场（Berkeley Square）的办公室很快就成了我从学校到家的一个中途停留点，我要么翻一通吉百利牌的（Cadbury's ）橱柜，搜罗一些吉尼斯（Guinness ）的海报，要么更好，能从我爸爸或者他的秘书手里领些零花钱。

正是在他的办公室，父亲接到了母亲的电话，关于一辆雷诺 4 型（Renault 4 ）家用汽车，这辆车引发了我父母之间的很多矛盾。这一次，它在金斯路（King's Road ）上抛锚了。母亲愤怒地告诉父亲，她已经受够了，并把钥匙给了一个路人。

父亲从他的办公室冲到金斯路上，找到了车和一个一脸迷惑的男人，这人正在纳闷儿给他钥匙的人是谁。

当我十一岁的时候，在一个星期一的早上，我拿着早餐从卧室出来下楼梯，打算去赶公共汽车上学。我见到父亲在他卧室门外的楼梯上，泪水顺着他的脸颊滚落下来。"妈咪死了。"他说。怎么会？我们前一天才见过她。我们曾在威斯敏斯特医院看望她。她坐在病床上，脸上挂着大大的微笑。她给了我一件有大圆领的衬衫，我特别喜欢那件衬衫。我们还等着她回家呢。

我的母亲是天主教徒，父亲是圣公会信徒。小时候我是威斯敏斯特大教堂的祭坛男孩。我的母亲去世后，父亲继续带我们去当地的天主教堂，在安姆威尔街（Amwell Street）上的圣彼得和圣保罗教堂。我哥哥和我会尽我们所能避免去教堂。我们最喜欢耍的小把戏就是在嘴里含着热水，说我们感觉不舒服，并坚持要用温度计量体温。但这个把戏从来没成功过。

父亲总是想给我最好的。我的母亲去世后，他开始关注我交的朋友和我染上的伦敦腔口音。我痴迷于足球，一有机会，就会和住在当地公寓里的朋友们踢足球。所以父亲觉得应该送我去学校。我在白金汉郡的一所预科学校念了很短一段时间，并在那里参加了伊顿公学（Eton）的入学考试。很多年以后，我发现父亲为了支付学费卖了一些传家宝。

（右图）约翰·奥格登和他的儿子派瑞和威廉
奥格登私人供图

126

我在伊顿公学的最后时间里，我们一群人被抓到在温莎（Windsor）的一家酒吧里饮酒。我被校长叫了过去。他拿着拐杖，让我弯下腰趴在架子上，狠狠地打了我六下或是八下，在我的背上留下了伤痕。一听到这个消息，我父亲就去见了校长，质疑他是否应该打学生。

当我告诉他我想成为一名摄影师时，父亲并不感冒，他尽他所能引导我走出这个方向。当我在做学徒的时候，他带我的老板出去吃午饭。他想知道摄影生涯是怎样的未来，并被告知："太晚了。他已经改不了行了。"

但是，一旦我走上这条路，父亲总是表示支持，并对我的工作有浓厚的兴趣。随着我年龄的增长，我意识到我们在某些方面是多么相似——我们都喜欢发号施令！尽管我们的生活已经朝着完全不同的方向发展。

父亲现在八十岁了，并已经退休很久。他把时间花在写作、徒步旅行和他的花园上。他在 2007 在出版的第一本小说《火》（On Fire）讲的是在朝鲜战争时一个年轻英国军官的故事，当我们翻阅这本书时，我二十岁的女儿维奥莱特（Violet），问他是什么时候开始写这本书的，"当我在你这个年龄的时候。"我父亲回答说。

我父亲的两位妻子都是因患癌症而去世。现在他有一位有着漂亮臀部的女朋友——《意大利的维纳斯》（Venus Italica）雕塑。他把她养在花园里。她让他的脸上挂着微笑。

约翰·奥格登的花园
奥格登私人供图

Michael Zilkha
+ his father Selim Zilkha

迈克尔·齐尔卡和他的父亲赛利姆·齐尔卡

迈克尔·齐尔卡

生于 1954 年，目前生活在得克萨斯州的休斯敦。他在牛津学习哲学和法国文学，后来搭乘 1975 年夏季的第一艘船去了纽约。他的第一份工作是在《村声》（*The Village Voice*）杂志写戏剧评论。迈克尔花了三天时间来了解纽约 CBGB 酒吧的朋克音乐家们。他后来在文章中描述了他之后的职业生涯。迈克尔喜欢读小说、划皮划艇以及在缅因州（Maine）与他的妻子、两个孩子和孙女消磨时光。他仍然期待每周二，因为那是新唱片发布的时候。

人生不是彩排

我父亲是这么说的，也是这样度过的。他不顾重重障碍，坚持不懈地奋斗。他在 1927 年出生于巴格达一个西班牙犹太教徒家庭，十七岁已经在黎巴嫩和埃及生活过（他七岁时寄宿在开罗的英语学校学习语言），还是一名美国（威廉姆斯）大学毕业生，并且参加过美国军队。为了家族生意，他去为他父亲工作，成了一名银行家。我祖父从未学过英语，所以他们用阿拉伯语和法语交流，但我的父亲和他的兄弟姐妹在扩散到世界各地时被同化了。这对于难民来说是必需的。我父亲被派往伦敦。祖父去世几年后，因为我父亲不喜欢放贷，转而从事零售业。他和他的合作伙伴吉米·戈德史密斯（Jimmy Goldsmith）从一个在伦敦夜店里认识的朋友那里买下了一个连锁药房，并最终发展成"母爱"（Mothercare）连锁店。我父亲二十六岁时娶了他的第一个表妹（我母亲），她那时十七岁。这段关系最终没能持久。但他后来遇到了玛丽，他们在一起已经超过五十年了。他不喜欢犯两次同样的错误，所以他们一直没有结婚。

我经历了父亲成为商业巨头的岁月。他的成功来自他的坚定信念。他从不软弱。当我在餐桌上哭泣时，他会把我抱起来，高举在盆栽植物顶上说，我们不能让这些眼泪浪费掉，我就不会再哭了。和他在一起最快乐的时光是在他做生意的时候。我们总要在星期六的清晨 5 点半出发前往纽卡斯尔（Newcastle），那里的一个商店会开门，之后我们再慢慢走回家。"细节决定零售（Retail is detail）"是另一句他常说的话。这话说得没错。晚餐时我们也总是不停检验新商品，他不仅知道他的女经理们姓什么，还知道她们的名字，来自美国的零售巨头们常常惊叹于他如何用他的 IBM 360 电脑通知各制造商他们产品的销量，并提醒他们何时将产品发到店里来。我父亲发现在英国这样大小的国家里，总仓库并不是必需的。每周日晚上，打完高尔夫球后，他常常坐在家里查看每一个类别的库存报表，随后，我们一家一起收看《笑》（Laugh In）。西洋双陆棋和桥牌是放松的主要渠道，通过看他下棋，我成了一个很好的双陆棋的玩家。生活是一场简单的谈判。如果我的姐姐纳迪娅（Nadia）和我在高尔夫球场散步，那么他会带我们去布莱恩·艾布斯坦的萨维尔剧院（Brian Epstein's Saville）。看表演时他常常质疑艾瑞克·克拉普顿（Eric Clapton）在奶油乐队（Cream）中的作用，因为他大部分时间都靠着他的扩音器，而杰克·布鲁斯（Jack Bruce）和金格·贝克（Ginger Baker）却演得那么卖力。

我的父亲更享受追求成功的过程而非达到成功的目标。当我完成了大学学业时，母爱品牌连锁店已经大众化，但他退出了。用父亲的话来说，他一度只去裁缝店和鞋店，加入零售业完全是因为一时冲动，让他的人生换了方向。所以我没有去为他工作，我们甚至从来没有讨论过这件事。那是 1975 年的事，我们的关系不再那么亲近。我横渡大洋，经过几年在新闻媒体的打拼，自己能够立足于一份离他的事业很遥远的事业。在另一位导师克里斯·布莱克威尔（Chris Blackwell）的鼓励下，我创立了泽（Ze）唱片公司，并将朋克音乐和迪斯科融合起来，那时这两种音乐分离并两极分化。我确实在将自己与父亲做比较，尽管（最终）我卖出了大量唱片，也酷得一塌糊涂，但感觉对我来说仅仅是满足了自尊心（succès d'estime）。所以当我的父亲搬到洛杉矶，在一家能源公司的投资遭遇灾难性失利后，这倒成为了一个重新调整关系的机会。我们一起白手起家创业，由此我可能让自己成为他不可或

齐尔卡家三代人：迈克尔、赛利姆（Selim）和丹尼尔（Daniel）

缺的人。我搬到休斯敦，我们找到了一位很棒的 CEO，终于开始一起工作。十一年后，得益于技术和运算能力的进步，我们能够精准定位那些被忽视的石油和天然气的矿藏，抢在他人意识到土地价值之前入手，成为墨西哥湾浅水区最大的土地所有者。我们 100% 地钻井，这违背了独立的常识但让我们获益颇丰。

1998 年初，竞争对手已经开始模仿我们，因此我们停止了业务。我们立即进入风能产业，因为我父亲对可再生能源感兴趣。还有一个朋友曾告诉我，他在《科学美国人》（*Scientific American*）中读到：如果建造一个笼罩亚利桑那州的风电场，就可以给全美国发电（一个非常明显的谬误）……我从来没得到我父亲的信任和不顾后患的魄力，但我不再是低级合伙人了。

在我们的家族里，一起工作的父子之间已经有了很多裂痕。然而，我们的第二场生意也成功了，父子关系慢慢地平衡起来。我们现在正在第三次携手同行，七年来没有收入，但已将用防潮的木质颗粒取代大量的煤炭技术发展成为可能。我父亲从不怀疑结果。当我担心的时候，他问我是否有更好的产品，我给予肯定的回答。然后他说，会成功的。对他来说，追求成功的过程仍然比获得成功的结果更令人兴奋。

压力和我们不得不做的承诺让我感到压抑，但是他让我平静下来，告诉我坚持下来最终可能会成功。现在，我的儿子大学一毕业就直接加入了我们。在丹尼尔身上混合了我们两个的性格。他和我的父亲喜欢讨论体育和玩游戏，他们的愿望和幸福比我更加明确。也许我父亲把基因遗传给了我儿子，而我就是中间的传导介质。我父亲的朋友说我和我父亲是多么的相似，他们每听到我的笑声，就以为是他。但我知道不是那么简单。我喜欢工作给我们建立的联系，比如只有我们两个人去出差时；我尊重他的清晰判断和他的用心良苦，他有明确的是非感。但我的父亲在内心深处比我更加阳光，完全没有怀疑和忧郁。只要他手里有事情做，无论是讨论业务、看电影、阅读或在电脑上打桥牌，或给玛丽买单，他都会感到高兴。在这方面丹尼尔介于我们两人之间。我希望我们三代人能在一起工作很多年，我的儿子将从我们这里学到一些，并教给我们一些东西。这才是犹太商人家庭中应有的样子。

Larry Mullen Jnr
+ his father Laurence Mullen Snr

小赖瑞·马伦和他的父亲老赖瑞·马伦

小赖瑞·马伦

1961 年出生于都柏林的阿泰恩（Artane）。1976 年，他在圣殿山综合学校（Mount Temple Comprehensive School）公告栏上张贴了一个通知，从而创立了摇滚乐队 U2，并一直担任乐队鼓手。他作为音乐家的出色成就为他的演艺生涯铺平了道路。到目前为止他已经出现在三部电影中，其中的《一千次的晚安》（A Thousand Times Goodnight）在 2013 年蒙特利尔电影节赢得最高奖（Grand Prix）。他和他的伴侣安·艾奇逊（Ann Acheson）有三个孩子。

我不得不承认，我在过去的几年来最具挑战性的任务就是写一些关于我父亲的事情。并不是说关于他我没有太多的话要说。相反，关于他的怪癖、他的悲伤和他有趣的时刻，我有说不完的故事。

只是，当文字内容开始组成篇章，我情不自禁地感觉这更像是在写讣告，而非我原想写的其他形式的文章。首先，我的父亲充满活力，现在正在度过他人生的第九十一个年头。我们彼此认识很久了，但不管写了多少字词或段落，我都不确定我是否能够很客观地描述他。不管怎么说，我知道，关于他，他能写得比我好，我永远都比不上。他组织词语仍然很有一套。我写起来还是漫无头绪。

自从我给父亲买了他的第一台笔记本电脑，已过了十年。他没用多久就学会怎么使用了。他常常给我发邮件，里面的内容或是发人深省、或是令人捧腹，更多的是让人感动。信里还常常带着可靠的建议，有时也有好心的敲打。

在 2014 金球奖（Golden Globe）颁奖典礼后不久，我收到了父亲寄来的电子邮件。我们的歌曲《平凡的爱》（Ordinary Love）获得了最佳原创歌曲奖，我在乐队其他成员的陪伴下，做了一个简短的演讲。这封邮件是他对我演讲的反应。演讲中，我提到了纳尔逊·曼德拉对爱尔兰和平进程的历史性贡献。老劳伦斯显然认为这个话题可以展开讲一讲：

来自：老劳伦斯·马伦
主题：金球奖
日期：2014 年 1 月 14 日 19:16:30 GMT + 1
致：小劳伦斯·马伦

你好！

一月份的每一天都是阴冷的雨天，我慢慢才习惯九十岁的生活，这天气也让我不舒服。我攒了一大堆明信片。为了看晚间的金球奖颁奖典礼，我牺牲掉了看其他电视节目的时间。典礼的大部分我都不爱看，尤其是那些口齿不清的获奖感言。但至少这不能怪在 U2 乐队成员们的头上。就说你吧，尽管一月的每天都是令人痛苦的寒冷的雨天，我也慢慢习惯了我的九十岁。我积累了大量的明信片。我牺牲看其他电视节目的时间，来观看晚间金球奖典礼。尽管感言很伤感，但，至少，不能说是来自 U2 乐队成员们的贡献。就你的情况来说，曼德拉访问爱尔兰的原因不是要解决爱尔兰共和军（IRA）和英国政府之间的僵局，而是：一要感谢邓恩连锁店（Dunnes store）员工禁止进口南非货物特别是水果；二要会见格里·亚当斯（Gerry Adams），在曼德拉早年奉行同南非政府进行武装斗争政策时，他们有过密切联系。在曼德拉隆重的葬礼仪式上，格里是南非政府的嘉宾，他也是被允许在曼德拉的实际下葬仪式中出席的少数重要人物之一。好了，这事就说这么多。

希望你多保重，找到新的爱好。你们昨晚在电视上看起来都很好很开心。

有空时再联系。

爱你的，
爸爸

Acknowledgments 致谢

编辑

Kathy Gilfillan

项目团队

Bono, Sebastian Clayton, Marie Donnelly,
Colm A. McDonnell, Ciarán ÓGaora, Colm Tóibín

设计

Zero-G

排印编辑

Djinn von Noorden

代理

Ed Victor

赞助

Ardagh Group, Park Hyatt Hotel Group, Zero-G

感谢

Aimee Bell, Stuart Bell, Aileen Blackwell, Anna Biles, This Brunner, Tracy Bufferd, Gabriel Byrne, Andy Caffrey, Leo Chapman, Olivia Cole, Sadie Coles, Moya and Paul Coulson, Patrick Cousins, Liz Devlin, John Donnelly, Jed Donnelly, Miriam Donohoe, Andrew Emerson, Claudine Farrell, Sinéad Foley, Catriona Garde, Dan Gilmore, Jenny Mushkin Goldman, Loretta Brennan Glucksman, Nathalie Hallam, Mary Harney, Ronan Harris, Ali Hewson, Susan Hunter, Barbara Jakobson, Dylan Jones, Melanie Jones, Paul McCarthy, Gary McGraw, Alexandra McGuinness, Yvonne McGuinness, Debbie McNally, Vanessa Manko, Lara Marlowe, Lucy Matthews, Max von Massenbach, Katherine Melchior-Ray, Sam Merry, Rebecca Miller, Andrew Weld Moore, Giorgio Pace, Amanda Perlyn, Kathryn Phelan, Maggie Phillips, Diana Picasso, Nicholas J. Pritzker, Tom Pritzker, Brenda Rawn, Hannah Richert, Steven Rinehart, Jessie Fortune Ryan, Susan Sandon, Bill Shipsey, John Silberman, Francesca Schwarzenbach, Sonia Thornton, Matthew Turner, Lisa Power, Niall and Fiona Wall, Anna-Sophia Watts, Marie Weston, Helen Williams, Pippa Wright, Jason Ysenburg.